BEM-VINDO

histórias com as cidades de nomes
mais bonitos e misteriosos do Brasil

ORGANIZAÇÃO
Fabrício Carpinejar

BEM-VINDO
histórias com as cidades de nomes
mais bonitos e misteriosos do Brasil

2ª edição

Rio de Janeiro | 2012

Copyright © organização, Fabrício Carpinejar, 2012.
Copyright © *O nome da coisa e a coisa do nome*, Roberto Pompeu de Toledo, 2012; *Unha e carne*, Altair Martins, 2012; *São José dos Ausentes*, Cíntia Moscovich, 2012; *Passos*, João Anzanello Carrascoza, 2012; *Milagres*, Luiz Ruffato, 2012; *Você verá*, Luiz Vilela, 2012; *Que se chama Solidão*, Lygia Fagundes Telles, 2012; *Noites antigas de Amparo* (mentiras da memória), Marçal Aquino, 2012; *Espera Feliz*, Maria Esther Maciel, 2012; *Sob fina camada de terra*, Ronaldo Correia de Brito, 2012; *Epifania na cidade sagrada*, Sergio Faraco, 2012.

Capa: Raul Fernandes
Foto de capa: Claire Morgan/Trevillion Images

Editoração: FA Studio

Texto revisado segundo o novo
Acordo Ortográfico da Língua Portuguesa

2012
Impresso no Brasil
Printed in Brazil

CIP-Brasil. Catalogação na fonte
Sindicato Nacional dos Editores de Livros, RJ

B392 2ª ed.	Bem-vindo: histórias com as cidades de nomes mais bonitos e misteriosos do Brasil /organização Fabrício Carpinejar. – 2ª ed. – Rio de Janeiro: Bertrand Brasil, 2012. 126p.: 23cm ISBN 978-85-286-1583-8 1. Conto brasileiro. I. Carpinejar, 1972-
12-2564	CDD: 869.93 CDU: 821.134.3(81)-3

Todos os direitos reservados pela:
EDITORA BERTRAND BRASIL LTDA.
Rua Argentina, 171 – 2º andar – São Cristóvão
20921-380 – Rio de Janeiro – RJ
Tel.: (0xx21) 2585-2070 – Fax: (0xx21) 2585-2087

Não é permitida a reprodução total ou parcial desta obra, por
quaisquer meios, sem a prévia autorização por escrito da Editora.

Atendimento e venda direta ao leitor:
mdireto@record.com.br ou (0xx21) 2585-2002

Sumário

O nome da coisa e a coisa do nome
(ou: Shakespeare versus Dante)
por Roberto Pompeu de Toledo 7

Unha e carne
Altair Martins.. 15

São José dos Ausentes
Cíntia Moscovich 25

Passos
João Anzanello Carrascoza 33

Milagres
Luiz Ruffato 39

Você verá
Luiz Vilela 55

Que se chama Solidão
Lygia Fagundes Telles 63

Noites antigas de Amparo *(mentiras da memória)*
Marçal Aquino 73

Espera Feliz
Maria Esther Maciel 81

Sob fina camada de terra
Ronaldo Correia de Brito 93

Epifania na cidade sagrada
Sergio Faraco 109

Autores 117

O nome da coisa e a coisa do nome
(ou: Shakespeare versus Dante)

Roberto Pompeu de Toledo

Que há num nome?, pergunta Julieta ao amado. Ela mesma responde, determinada a provar que briga errado quem briga apenas porque um se chama Montecchio e outro Capuleto: "O que chamamos rosa, mesmo com outro nome, teria o mesmo doce odor." Nomes constituem um dos temas deste escriba. Já escrevi algumas vezes sobre nomes de gente. E uma vez, em 2007, escrevi em minha coluna na revista *Veja* sobre nomes de cidades brasileiras, distinguindo os bonitos (Dores do Indaiá, Vila Boa de Goiás) dos feios (Sinop, Sanclerlândia), além de destacar os de uma misteriosa suavidade (São José dos Ausentes) e os que trazem uma trágica lembrança (Afogados de Ingazeira). Fabrício Capinejar diz que meu texto conduziu-o à ideia deste livro. É uma honra para mim, e uma afirmação de que, assim como a guerra é assunto sério demais para ser deixado nas mãos dos generais, os nomes de cidades são assunto sério demais para ser deixado aos colunistas da imprensa.

A rosa exalaria o mesmo odor, mesmo com outro nome? Julieta, como se sabe, é uma menina ingênua. Foi namorar quem não devia e deu-se mal. Em meu artigo, eu agrupava os nomes em matrizes que denunciavam não só o bom e o mau gosto, mas mesmo a idade e a localização do município. Uma fértil matriz é a dos nomes terminados em *polis*, *burgo* ou *lândia*. Pertencem a essa enorme família Damianópolis, Mutinópolis e Palmenópolis; ou Arceburgo, Felisburgo e Luisburgo. As três primeiras são em Goiás, as três últimas em Minas Gerais – o que denota que determinadas terminações tendem a localizar-se em determinados estados. Confirma-se a tendência ao notar-se, também em Goiás, uma concentração de *lândias* – Adelândia e Inaciolândia, além da já citada Sanclerlândia.

Nomes com essas terminações, com poucas exceções (Petrópolis, Teresópolis), referem-se a cidades novas, ou rebatizadas (caso de Florianópolis, que antes atendia pelo melancólico nome de Nossa Senhora do Desterro). Sobretudo, têm em comum a descomunal falta de imaginação e o irremediável mau gosto. Em contraste, os nomes de santos referem-se, regra geral, a cidades antigas. Era uma preferência do colonizador. E são especialmente belos quando acompanhados de um atributo: São João del Rei, Santo Amaro da Purificação, São Miguel das Missões. Também são antigos – e belos – os nomes de origem indígena, com suas vogais que brincam na língua (Parati, Piripiri, Parintins) ou ameaçam travá-la (Cumuruxatiba, Itaquaquecetuba).

Conclusão inevitável: a arte de dar nome às cidades conheceu sensível decadência, ao longo dos séculos. Prova-o, se provas são ainda necessárias, a aberração de dar nome de gente às cidades, uma praga do século XX, de que Santa Catarina é fértil – ficam lá Abdon Batista, Lebon Régis, Otacílio Costa –, mas que também dá sinal de sua graça (ou desgraça) no Maranhão (onde fica Ribamar Fiquene) e no Piauí (lá se localiza uma Demerval Lobão). Sofrem as cidades e sofrem os habitantes, condenados a ostentar absurdos gentílicos (abdonense, otaciliense). A Bahia, em anos recentes, teve o desplante de mudar o nome de Mimoso do Oeste para Luís Eduardo Magalhães.

Mas não estou aqui apenas para repisar o artigo de 2007. Meu propósito é relatar a repercussão que obteve entre os leitores e confrontá-la com a tese da desditosa Julieta. De Dores do Indaiá (MG), que eu destacara como portadora de um dos nomes mais bonitos do Brasil, recebi, da parte do prefeito, Joaquim Ferreira da Cruz, calorosa manifestação. "Foi com grande satisfação que li o seu artigo", etc., etc. "Nossa cidade, amparada nos braços do rio Indaiá e abençoada por Nossa Senhora das Dores, tem em seus filhos (natos e adotivos) a grandiosa representatividade do sentimento de pertencer a uma terra amada, de raízes sólidas e história admirável."

Do prefeito de Piripiri (que se não bastasse o tlin-tlin-tlin dos iiis fica no Piauí), Odival José de Andrade, veio manifestação igualmente calorosa. "Muito nos sensibilizou o destaque de nossa Piripiri como sendo um dos bonitos nomes de cidade", etc., etc. "As 'alegres vogais', que formam seu 'coro de is', têm sido entre nós motivo de alegria, através de inúmeras canções e quadras com rimas pitorescas. Mas nossa cidade, além do bonito nome, é uma bela cidade, de gente alegre, acolhedora e que recentemente foi agraciada com o prêmio da inclusão de seu Açude Caldeirão como sendo uma das sete maravilhas do estado do Piauí."

Convido o leitor a confrontar uma manifestação e outra. O prefeito de Dores do Indaiá toma o nome pela coisa. Recebe o elogio ao nome como elogio à própria cidade. Na mesma frase, evoca o rio Indaiá e Nossa Senhora das Dores, os habitantes, as raízes sólidas e a história admirável – tudo, o nome e a nomeada, conformando una e indivisível totalidade. Em sentido contrário ao da sofrida Julieta, deixa implícito que o nome determina sim a coisa, guiando-lhe a personalidade e o destino. Será?

Bem-vindo

É hora de pedir socorro a quem sabe mais. "Garçom, uma pitada de erudição, por favor." O garçom obedece e traz na bandeja, saído do forno, nada menos ("Obrigado e parabéns, seu garçom!") do que um brocardo do Direito Romano, inscrito nas Ordenações do imperador Justiniano: "Nomina sunt consequentia rerum." Se os nomes são consequência das coisas, isso significa que os atributos da coisa refletem-se no nome. Vale dizer, nome e coisa guardam íntima relação. Não seriam entidades apartadas, como quer Julieta. Donde se conclui que, tivesse a rosa outro nome, poderia até exalar o mesmo odor, mas perderia, pelo menos, o encanto suplementar de ser chamada pelo belo nome rosa.

Considerando que o brocardo jurídico foi citado por Dante Alighieri, na *Vita Nuova* ("Obrigado outra vez, garçom"), eis-nos diante de um duelo de titãs: Dante X Shakespeare. Mas nem tudo está perdido para Shakespeare e sua pupila Julieta. Vem-lhes ao socorro o prefeito de Piripiri. Diz ele que "muito nos sensibilizou" (presumivelmente, escrevia em nome do povo da cidade) a referência à beleza do nome. "Mas nossa cidade, além do nome, é uma bela cidade", etc., etc. Claramente, ele traça uma linha divisória entre o nome e a nomeada. Não é por chamar-se Capuleto que uma pessoa deve necessariamente ser boa, honesta e valorosa, nem por chamar-se Montecchio que deve ser vil, trapaceira e desprezível. Um nome é só um nome. Resultado: Dante e Shakespeare empatados.

Mas o resultado é parcial. O duelo prossegue. A prefeitura de Sinop (MT) enviou-me uma NOTA DE REPÚDIO (assim mesmo, em grandes letras maiúsculas). Afirmava que meu artigo refletia "uma posição unilateral, sendo que a 'feiura' do nome de uma cidade que abriga cerca de 130 mil habitantes não soou como ironia, mas sim como ato de desrespeito com quem veio há trinta anos desbravar um local e gerar riquezas". A manifestação dos sinopenses (Sinop tem a infelicidade de ter nascido de uma sigla: Sociedade Imobiliária Noroeste do Paraná) misturava nome e coisa. Ponto para Dante. Mas a mais impressionante reação ao meu artigo veio de Luisburgo, Minas Gerais – um dos famigerados nomes em *burgo* que eu classificara como feios.

Certo dia, chega-me às mãos um grosso pacote. Apalpo. É fofo. Abro. Contém papéis, folhas manuscritas de papel – mais de uma centena. A professora Joanamélia, da Escola Estadual Joaquim Knupp, fizera a escola inteira (repito: inteira) ler meu artigo e escrever-me uma resposta. E que diziam os jovens luisburguenses? Um, com base no retratinho que encima minha coluna, chamou-me de careca e barbudo; outro qualificou-me como "estrangeiro que veste a camisa da Argentina"; um terceiro avisou que ai de mim se um dia aparecesse em Luisburgo. No sentido contrário, muitos me convidaram a visitar a cidade. Se eu falava assim dela, é porque não a conhecia. Alguns anexaram fotos, exibindo as belas paisagens luisburguenses.

Ambos os grupos, tanto os mal-educados quanto os gentis, como o leitor percebe, tinham em comum a confusão entre o nome e a coisa. Para os primeiros, foi um insulto o que eu disparei contra a cidade – e insulto se paga com insulto. Para os segundos, equivoquei-me por desconhecer o lugar. Num caso como no outro, era à cidade, e não a seu nome – ou não apenas a seu nome –, que eu me referia. Ficaram em franca minoria os que distinguiram entre a cidade e o nome. Entre eles, dois alunos que, tendo em mente que eu falava em nome, responderam com nome. Um disse que o nome Roberto Pompeu de Toledo era muito feio. Outro, que, se houvesse uma cidade chamada Pompeuburgo ou Toledoburgo, teria nome feio.

Bem-vindo

Escrevi, em resposta à professora Joanamélia ("nome bonito", observei à margem; "Joana e Amélia, isolados, já são bonitos; aglutinados, ficam mais bonitos"), que muito estranhava a confusão entre o nome da cidade e a cidade em si feita pela maioria dos alunos. Citei exemplos de como as duas entidades devem ser dissociadas. "Uma das cidades mais bonitas que conheço é Praga, capital da República Tcheca. Já o nome é feio. Berna, na Suíça, é encantadora, enquadrada pelos Alpes ao fundo. O nome é horrível." E parti para o supremo golpe baixo: "Gisele Bündchen, para mim, é nome feio. Já a pessoa que leva esse nome ostenta apreciáveis atributos de beleza."

Estava sendo sincero, mas, hoje, bem-pesadas as coisas, e quanto mais penso no assunto, mais me assaltam as dúvidas. Entre Shakespeare e Dante, quem sou eu para decidir? Meu próprio artigo continha uma passagem que me contrariava a argumentação. Ao elogiar o nome Rio de Janeiro, desconcertante mistura de espaço com tempo, de acidente geográfico com uma das divisões do ano, acrescentava: "Se a cidade se chamasse Abel Figueiredo, tal qual um município do Pará, ou Estaciolândia, em homenagem ao Estácio de Sá a quem se atribui sua fundação, não seria tão bonita." Talvez não fosse mesmo. Pelo menos, não haveria tanta boa vontade para com suas belezas. Como o vacilante autor deste texto não tem uma resposta, mais subsídios para decidir a relação entre a cidade e seu nome o leitor encontrará neste livro.

Encruzilhada do Sul – RS

Unha e carne

Irene, seu'nome. Encruzilhada do Sul, o lugar aonde o marido ia trabalhar havia quase um ano, nas quintas e nas sextas, levando uma muda de roupas e a caixa onde cabiam a colher de pedreiro e todo o seu clã de objetos treinados, além de outras coisas miúdas, enroladas em papel de jornal. O balde de metal, talvez fosse zinco, não tinha folga ou fim de semana: fazia a primeira viagem e só voltava quando todas as aberturas da obra estivessem nos lugares. No vaivém entre casa e serviço, a tampa da caixa levava, em letras queimadas a ponta de prego, apenas Jorge, o nome dele.

Ela juntava a louça, arrasada de ideias que cruzavam a sua frente, o que quer que estivesse fazendo. Houvesse água, e a esponja levaria, sob a espuma, toda a sujeira aparente. Ainda assim, aquilo que Luciana dissera retornaria como uma mancha a impregnar o pouso dos olhos. Irene perdia-se de Irene, e, separadas, não dariam conta de lavar tudo.

Sua filha, Luciana. Viera para almoçar ou para lhe dizer aquilo? Não era abrir os olhos, como tinha dito: era chamar os ciscos, juntar a barafunda de tralhas espalhadas ao redor da casa e dispor tudo sobre a mesa. Pois então tinha lá cabimento Luciana chegar às onze da manhã, sexta-feira, e cutucar os nervos da mãe? Não, não tinha. A filha trazia a galinha pronta da rua e ajudava com a fome da cozinha; reclamava de que a mãe jogasse fora o copo trincado, mas que diabo!, e Luciana não entendia mesmo que a mãe era apegada a suas coisas, unha e carne, mantendo ainda a gaveta de talheres aleijados? Depois Luciana pedia à mãe o mate gelado, estendia a toalha, colocava os talheres e, sob o calor que parecia estalar as paredes da casa, revelava o que o seu Jorge tanto fazia em Encruzilhada, nas quintas e nas sextas, desde agosto.

Dália, o nome dela: uma baixinha de cabelo claro, meio amarelo. Tinha um instituto de beleza com seu nome na rua da Luz. Ficava pra trás da igreja, era fácil de achar. Duas negrinhas e um loiro de cara larga e furada a ajudavam. A fachada era cor de mostarda com aberturas em branco. No contorno das janelas havia tijolos à vista, e Luciana os descrevia do que imaginava, alinhados como seu Jorge gostava que ficassem. Era o que uma colega de trabalho de Luciana, a Irma, conhecida da casa e agora moradora de Encruzilhada, tinha visto ao fazer uma escova para um aniversário de quinze anos. Que fossem ver. Mas ela, a filha, não iria mesmo que Jorge fosse seu pai.

Por que Luciana fazia aquilo Irene não compreendia. Comiam em silêncio, Irene olhando para a filha e suspeitando um enrolado de coisas: a mãe se juntava com o pedreiro; a filha acabava ouvindo aquelas histórias, o salão de beleza e a mulher baixinha, e se considerava enganada sentindo o que a mãe sentiria; a mãe, percebendo então tudo aquilo na filha, não podia fugir sem que, por duas, tivesse, ela só, de enfrentar o salão em Encruzilhada.

Luciana pediu café. Antes que Irene se rendesse e lhe pedisse para não acreditar nas coisas que ouvia, a filha arranjou modos de olhar o relógio, inquietar os cabelos, atirar os olhos aos cantos e dizer que tinha de ir, senão chegaria atrasada ao trabalho. Irene, ao portão, sentia então que mais coisas ficariam à espera da água. A filha ainda disse Não precisa ir se não quiser. Mas Irene sabia, desde que Luciana fora morar sozinha, que aquilo tudo entre a filha e Jorge era como a louça. Não precisava lavar se não quisesse.

Por isso, às três e meia, já descia de um ônibus em Encruzilhada, vestida para uma festa, meio salto, brincos e gargantilha cor de prata, uma pia nervosa na cozinha de casa. E Irene não sabia bem o que faria, como faria. Precisava ser como Luciana: entrar no instituto trazendo a galinha pronta da rua.

Diante da igreja de Encruzilhada, Santa Bárbara, a padroeira, Irene olhou para o relógio mas não viu as horas. Ainda não entendia se viera até ali por Luciana ou se por ela própria. O medo e a curiosidade a empurravam, e, no fundo, precisava ser outra e estar onde estava por si mesma. Era Irene, mas as coisas pareciam invertidas desde que se juntara com Jorge. Luciana começara sua oposição, primeiro silenciosa, depois assumindo os passos decisivos que a levariam a morar fora e dividir Irene. Era de Jorge, e fazia o que a filha lhe pedia nas poucas visitas, quase ordenada. Deixara a louça suja na casa, por exemplo, mas agora era como mudar de nome, e não se suportaria sem água por muito tempo. Talvez desistisse por si mesma, se uma pessoa não cruzasse pela frente e Irene já não perguntasse. O instituto ficava a duas ruas dali. Rua da Luz. Por ela e pela filha, decidiu.

Só quando entrou na Estética Dália foi que admitiu não estar pronta nem por Luciana nem por Irene. O rapaz loiro despejava uma bacia, arrumava suas coisas de manicuro. Uma das meninas negras, com uma caneta na mão, anotava números que lhe passavam por telefone. E Dália não era nem mais velha nem mais nova. Bonita apenas, mas da beleza das coisas com que trabalhava. O cabelo, armado com fixador, menos claro do que imaginava Irene, fazia brilho. As mãos cheias de pulseiras trabalhavam com a tesoura, dois dedos juntando as pontas dos cabelos de uma moça de trinta anos, mais ou menos. Era o que Irene podia ver, porque Dália era tão miniatura que quase parecia encoberta pela cliente não muito alta e sentada diante do espelho.

Tinha marcado alguma coisa? A negrinha. Não, não tinha. Cabelo ou unhas? O moço loiro livre. Unhas. Nome? Irene. Pra quando? Agora. Daria pra marcar os cabelos para depois se quisesse. Não queria, mas, pelo jeito como a menina a olhava, sentiu que, para ser outra, outro cabelo, e então tinha de ser.

Com a Dália? Precisava ser com a Dália sim.

O rapaz loiro arrumou a cadeira e as toalhas, falando sobre a limpeza de seus alicates. Forno de não sei quantos graus. Pés e mãos? Sim. Irene o olhava com sustos, parecendo furada por algum olho espião. Sob a calma com que ele lhe tocava os pés, porém, sentiu-se dominada pela água morna e todos os pequenos carinhos nos cantos das carnes. Aquela era bem Irene; a bacia, o seu ponto fixo de calma. Mas logo o loiro lhe cruzava pela frente dos pensamentos cores de esmalte, uma delas muito bonita, cor de carne, quase um vermelho. Aquela cor sim, e Irene procurava ao redor uma imagem confortável de olhar, que combinasse com os cheiros do salão, e reconhecia no soalho uma paz higiênica, concordando enfim que aquele era um lugar simples, mas limpo e bonito. Não podia ver a dona do instituto, por estar de costas, mas a ouvia falar com a cliente sobre o penteado e a festa para que se destinava. Umas vezes, poucas, o busto de Dália cruzava pelo espelho. E Irene viu-lhe as unhas impecáveis das mãos justamente quando, findas as suas dos pés, o loiro lhe trabalhava nas mãos também. E, agora que o rosto do loiro ficava mais próximo, e Irene lhe via os furos da pele e o reboco todo da maquiagem, teve medo quando ele sorriu e perguntou, parecendo muito orgulhoso, se lhe tinham agradado os pés. Foi só então que Irene olhou para si mesma e disse que sim, que até pareciam os pés da filha. Que idade tinha a filha? Dezenove. Viu só, disse o loiro, agora só faltam as mãos e o cabelo ficarem com dezenove também. E, enquanto as mãos iam cobrindo alguns anos, Irene escutou o secador de cabelos muito intenso e viu a cliente sair, conferindo a simetria do corte.

Terminadas as unhas, a negrinha a levou à cadeira na frente do grande espelho, e Irene, que olhava as mãos, sentiu um abismo ao encarar o próprio rosto muito de perto. Mas Dália já lhe surgia por trás, avaliando os fios e perguntando como seria. Como seria? Como o cabelo da filha, era isso? Então assim: À altura dos ombros, buscando a cor natural, mas sem os brancos, e com volume, disse. Segundo Dália, precisaria de tinta. E convinha, quem sabe, mudar de cor. Escolhia depois, respondeu. E a mulherzinha começou, prática e hábil, a retirar, de trás dos cabelos que Irene usava, uma outra Irene. Via apenas o rosto de Dália, os olhos muito fixos em vários pontos, medindo e picando. E perguntando, às vezes, coisas difíceis: Irene morava perto da igreja, era casada com um motorista, tinha uma filha de dezenove anos, trabalhava só em casa, mas já tinha sido cozinheira em hotel. Dália trabalhara também em hotel, mas achara o próprio negócio. Tinha reformado tudo no salão, do piso ao forro. As janelas, conseguira umas novas do mesmo feitio. Mas a porta teve de trocar, senão era ladrão na certa. Tinha gastado muito?, Irene queria saber. Só o material, que a mão de obra tenho em casa. Mas ó: tinha valido a pena, porque não ia parar de trabalhar quando viesse a criança. Dália continuava falando, mas Irene parecia oca, vendo os vultos que cruzavam por trás da estatura diminuta da cabeleireira. Logo em seguida veria a figura nitidamente redonda, um vestido um pouco largo, mas apertado junto à barriga de uns seis ou sete meses. Não contava com a terceira figura, cruzando-lhe assim o espelho e a cabeça; bastavam ela e ela.

Que havia acontecido?, Dália perguntava, mas já lhe perguntava apenas aos cabelos. Chamou o loiro, que trouxesse um copo-d'água. Dália falava coisas de uma mulher que amolecera de repente. Irene confessou que fora um medo. Medo de quê? Ela não sabia o que dizer, mas disse que seria medo de o marido não gostar. Cruzes, e Dália parava por ali? Irene olhou o espelho e distinguiu as duas negrinhas e o loiro, nos afazeres da normalidade, e pediu Sem tinta – que apenas terminasse o corte.

Pagou e saiu encolhida, como que se escondendo – da filha ou de Jorge? Não sabia bem. Caminhou apressada, sentindo o calor atingir-lhe o pescoço mais que o costume, e, ao olhar as unhas, teve um enjoo de ver o buraco dos dedos de onde elas tinham sido arrancadas.

No ônibus de retorno, por isso, enfiou as mãos dentro da bolsa e fugiu das janelas e seus vidros. Mas repetiam-se na sua frente a mão e a tesoura, o rosto de Dália e a barriga madura. A mão de obra a mulherzinha tinha em casa.

E, em casa, tudo fervia sob a penumbra da noite atrasada. Estava entre as suas paredes obedientes, mas não era mais Irene. Doía-lhe apenas a vontade de urinar e, quando sentou ao vaso, sentindo que despejava o mundo, já não era ela mesma quem urinava com aquela juventude. Quando saiu do banheiro já não sabia quem era para bater as portas daquela maneira. Quando entrou no quarto, alguém de muito sangue arrancou as roupas de Jorge, todas, e amontoou em duas cestas perto do tanque.

Unha e carne

Mas quando Jorge chegou, no meio da noite, chamou-a para os fundos da casa. Ao pé da escada de dois degraus, ela viu que o marido trouxera a caixa de ferramentas e que lavava uma certa mancha nas mãos, lhe dizendo que o serviço em Encruzilhada estava quase no fim, dois meses mais. E então ela pôde sentir que era Irene, porque a água havia voltado e era preciso lavar todo o acumulado.

Só quando Jorge entrou e viu Irene e a novidade dos cabelos e pegou nas mãos de unhas pintadas foi que notou as roupas empilhadas, entre o tanque e a cozinha. Perguntou o que tinha acontecido, se Luciana estivera a lhe entupir de ideias. Faltou água faz dois dias, Irene respondeu, tudo tinha pegado um cheiro estranho. E, dispondo-se a encher o tanque e a afogar as roupas, Irene percebia agora que tinha muita coisa para lavar. De unhas pintadas?, Jorge perguntou. Ela disse que não podia deixar as coisas se empilhando pelos cantos. E, sentindo-se toda Irene, unha e carne, enfiou as mãos sob a água da torneira.

São José dos
Ausentes – RS

São José dos Ausentes

O velho tinha aquele espanto com as coisas do céu. Com a ameaça de furacões e tormentas, com a possibilidade de geada ou neve, com a perspectiva de calor ou rajadas de vento. Dizia:

— Vai chover.

Ou:

— Vai fazer frio.

Ou:

— A pressão atmosférica baixou.

O cachorro, que sempre ficava aos pés do dono, trocava as orelhas. O filho, esse nunca respondia, nunca, muito menos escondia o ar de amuado. Passava grande parte dos dias trancado no quarto, ouvindo música no último, quase sempre com uns amigos, marmanjos que entravam e saíam feito sombras. O pai de vez em quando comentava:

— Pouca-vergonha.

Quando, na mesa de um almoço, o velho veio com aquilo de velocidade da luz e das estrelas do céu não existirem senão no passado, o filho finalmente disse alguma coisa:

– Não vejo a hora de ir embora desta merda – deu um tapinha com a mão no ar. – Um velho e um cachorro, que saco – levantou-se e foi para o quarto, batendo a porta. O pai não reagiu.

Por isso, quando o filho arranjou emprego em Porto Alegre e foi embora de casa, o homem nem reparou muito. Continuou falando sozinho.

Sozinho, não. Continuou falando com seu cachorro.

Amanhecera fazia bem pouquinho, e ainda se ouvia, aqui e ali, o cocoricó de algum galo. A cerração se adensava mais e mais. Era muito frio.

Um cavalo de olhos sonados puxava uma carroça, que se sacudia em trancos no girar redondo. Caminhava a passo, e as ferraduras contra as pedras do calçamento levantavam um som cavo que percutia na neblina. Os paralelepípedos brilhavam de tão úmidos. O cavalo chegou a escorregar as ferraduras umas três vezes. Mastigava os arreios para se conter ao mesmo tempo em que bufava seu cansaço.

Depois que a carroça passou tranqueando na frente da casa e que um galo tardio levantou seu aviso, a neblina baixou um pouco.

Foi quando a porta da casa se abriu. Duas figuras surgiram, vindas lá de dentro. Pararam na soleira.

Nem se mexiam.

De tão imóveis, as silhuetas pareciam levitar sob o umbral: um velho e um cachorro. Ernesto e Astro. A respiração do bicho se condensava em vapor e sumia no ar logo em seguida.

Como se o céu se partisse, um raiozinho de sol se infiltrou. Sol ralo, coisa de inverno, mas suficiente.

Foi assim, arregalado pela réstia de luz, que Ernesto falou:

– Amanheceu. A umidade relativa do ar está alta.

Descendo o pequeno degrau, comandou Astro:

– Vamos ver as plantas.

Caminhou, adiantando-se sobre o jardim. Astro foi junto, mas parou para levantar a pata e regar de urina espessa a azaleia. Logo emparelhou com o dono.

Diante do muro que separava a casa da rua, foi bem ali que Ernesto parou. A touceira de alfazema se projetava para o alto e para os lados, armação muito vigorosa. Ernesto abriu a metade de um sorriso:

– A lua mudou. Tudo floresce, até o que não é daqui.

Astro sentou sobre as patas traseiras. As duas orelhas se empinavam no alto da cabeça.

Ernesto arrancou um galho. Astro levantou o focinho. Os dois aspiraram o perfume recente, que logo se dissipou. Ernesto impôs a unha do polegar contra a polpa da planta, esmagando-a entre os dedos.

Uma névoa fresca veio do talo machucado. As narinas do homem se abriram, o perfume era vivo – tão constrangedor como pode ser flor rara em viço no inverno do Sul.

Ernesto agarrou ainda outro galho.

E outro.

E os esmagava entre os dedos, e a planta respondia com aquela pungência, um ar novo, qualidade de recém-feito.

Outro galho, mais outro, outros tantos, que Ernesto fechou bem-apertados os olhos e aspirava com força, com bastante força, o cheiro era fino, chegava a lhe agulhar o fundo do crânio, o perfume era doloroso de atrito às narinas e subia até a testa e se esparramava pela fronte, latejando, como nevralgia. Uma dor.

A cerração foi se dissipando. Astro saiu de seu posto, deu a volta na casa e latiu para algum pássaro intrometido. Depois, fez o mesmo trajeto ao contrário e sentou ao lado do dono.

Ernesto nem percebeu o movimento de Astro: estava era concentrado na planta, de uma atenção dedicada e amorosa. Não que não amasse seu bicho, porque dizia a quem lhe perguntasse que amar um cão é uma coisa sem sacrifício. É que agora queria se dedicar às flores da alfazema, que finalmente se haviam aberto.

A planta, de fato, fulgurava. Os botões espigados pesavam em roxos-lilases, as folhinhas serrilhadas se avivavam num intenso verde tirando ao cinza, os talos eram longos e muito elegantes. Dava uma alegria de tanta saúde.

Os dedos de Ernesto cheiravam a lavanda, um perfume tão antigo. O mesmo que, anos antes, visitava todos os cômodos da casa e que, assim selvagem e fresco, se adoçava na nuca lisa, de onde brotavam os fios inaugurais da cabeleira negra. A nuca, o pescoço, o colo, os dois seios espremidos de fartura, o regaço – tudo com o mesmo cheiro espirituoso e limpo. Aquele pé de alfazema voltava ao que ali já não estava, feito a luz de uma estrela extinta.

De repente, Ernesto abriu os olhos e os lábios. Astro levantou. O velho atirou as folhas esvaídas no chão. Disse:

– Vai para dentro, cachorro.

Astro deixou cair as orelhas, as pálpebras e, por fim, a cabeça. O homem remendou:

– Desculpa. Vai para dentro, Astro.

Astro foi. Ele também.

Depois que os olhos se acostumaram à escuridão de janelas fechadas, Ernesto serviu ração no pratinho de Astro, esquentou leite e passou café. Tirou um pedaço de pão dormido do armário. Comeu sem vontade.

Lavou a louça e caminhou até a janela. Ficou ali, parado, olhando.

Foi então que o telefone tocou. Ernesto atendeu e escutou um alô de vozinha fina e amaneirada, a mesma que não escutava fazia uns seis meses e que logo reconheceu como a do filho: vinha de visita no domingo, tanto tempo, ia levar um amigo, passariam o dia lá, e também tinha visto um telescópio, o pai poderia observar as estrelas de noite, até as crateras da lua, o preço era bom, mil e quinhentos, de barbada, e também precisava de algum no bolso, se o pai quisesse ajudar, mais uns mil e quinhentos iam bem, muito bem, podia ser, tudo de acordo?

Ernesto permanecia parado, olhando pela janela. Os olhos se comprimiam para enxergar longe, o pé de alfazema, as narinas tinham a lembrança do perfume e daquilo que, sendo cheiro, parecia brilho tardio de estrela. Lembrou do filho pequeno, da pele lisinha, da boquinha cor-de-rosa, das covinhas no riso, dos cílios espessos e da bundinha gorducha. Foi só então que falou, a única reação antes de bater o telefone num tranco áspero:

– Enfia este telescópio no rabo. Não me aparece na frente.

Quando o sol ia se pondo e a cerração já havia se escoado no buraco do tempo, Ernesto pegou a tesoura de poda da despensa. Abriu a porta da rua. Astro saiu correndo aos latidos, feito um raio.

A mesma carroça da manhã passava tranqueando na frente da casa, em sentido contrário. Astro ladrava e pulava junto ao portão. O cavalo mastigava os arreios e bufava.

Ernesto bateu a porta com força e avançou sobre o jardim. Astro desistiu dos latidos.

Deteve-se bem em frente ao pé de alfazema e ao constrangimento de flor em viço no inverno de Cima da Serra. Astro sentou. O velho empunhou a tesoura e curvou-se adiante, como para cortar os galhos, mas a mão estacou, suspensa e boba. Disse:
— Meu Deus.
Astro ficou parado sobre as patas traseiras, enquanto as dianteiras buscaram o apoio dos ombros do dono. Ernesto retribuiu o abraço. Ficaram assim por um bom tempo. Até que Astro lambeu o rosto salgado do dono.

O velho deu duas batidinhas no dorso de Astro, que voltou ao apoio das quatro patas:
— Não é nada. É que dói.
Ernesto limpou o rosto com a manga do casaco e voltou a empunhar a tesoura. Curvando-se, cortou vários talos floridos com muito cuidado. No fim, armou um buquê. Falou:
— É hoje. Faz quatro anos.
A alfazema que fulgurava, as flores, as folhinhas serrilhadas, o verde tirando ao cinza, tudo existia de maneira mais eficaz — um ramalhete. Como se tratava de amor e como amava o cachorro, bateu a mão na perna, ordenando que Astro caminhasse junto. Falou:
— Vamos.
Os dois cruzaram o portão. Ernesto consultou o céu:
— Amanhã vai ser um lindo dia.
Partiram, consolados. As estrelas, mesmo mortas, brilhavam.

Saudades – SC

Passos

Eu voltava do trabalho, quando dobrei a esquina e a vi, de longe, à porta de casa, as mãos na cintura, à minha espera, como se tivesse nascido ali só para que eu a visse tão logo chegasse à nossa rua. E a sua imagem foi se assentando aos poucos em meus olhos, enquanto eu caminhava em sua direção, os braços junto ao corpo, apontando para a terra, mas, a um sinal seu, prontos para enlaçá-la.

Abri o portão, seu sorriso me deu o sinal e, depois de atravessar o canteiro de flores que ela cuidava tão bem, cheguei diante de seu rosto, como se de um altar, e a abracei e, por um instante, senti que aquele gesto, repetido, lembrava-me uma missa, e se o suspiro que dei era o resumo do meu dia, agora eu teria a minha cota de paraíso.

Entramos, em silêncio, era tão bom estarmos juntos de novo, o toque de minha mão em seu ombro dizia, claramente, acima de qualquer gentileza, *Esta é minha mulher e estou aqui por ela*, e eu sabia que, deixando-me fechar a porta, quando então se sentaria no sofá para conversarmos um instante, ela, seguindo à frente, dizia, *Este é o meu homem e ele voltou pra mim*. E a sala, a luz do abajur acesa, as cortinas da porta de vidro cerradas, e lá fora o céu escurecendo aos poucos, como a vida, a minha e a dela e a de todos, o céu lindo àquela hora, de tantas camadas de azul – essa a plenitude de sua cor! –, e a mesa de jantar já posta, e os móveis, em seus devidos lugares, diziam, numa única voz, *Tudo está em ordem*. E, mesmo sendo uma ordem provisória, era uma bênção que assim o fosse: nada de especial estava em curso, apenas o reencontro de um homem e sua mulher, ao fim do dia, em Saudades, e era aí, na simples aventura de voltarem um para o outro, que estava o milagre.

    Ela acariciou-me os cabelos, como se uma mecha a impedisse de ver se o meu rosto flutuante em sua memória coincidia com esse, atual, diante do seu; e eu, a seu lado, fiquei imóvel, entregue à minha timidez, mas certo de que seu afago buscava me recompor para ela; o mundo, durante o dia, me desfigurava, e, pelas suas mãos, eu me refazia. Mas, para não me acostumar a tanta ternura – que depois eu iria desejar sempre, e sofreria por não tê-la –, afastei-me, com um comentário sobre o trabalho, ao qual ela emendou um fato que lhe ocorrera, também menor como o meu, e, de fatos em fatos, mínimos, ela disse, *Vai, toma o seu banho*, e eu concordei, *Já vou*, e tirei o sapato, e me levantei, e a vi, a olho nu, passar à minha frente, como se desprovida de segredos.

    Sob o chuveiro, a verdade me chamava, a consciência acesa, eu sendo o que era, preso à dor e ao gozo de minha condição, minha estatura, meu rosto no mundo que ela reconhecia como o de seu homem. E enquanto eu era quem era, e me lavava os cabelos, os pés, os braços, ia pensando nela, na cozinha, cuidando do jantar, e, quando já me vestia no quarto, senti a sua presença – seus passos eram como silenciadores, abafando o alvoroço do meu coração.

    Fui à cozinha ao seu encontro e fiquei a vê-la e, embora de costas para mim, curvada sobre o fogão, ela sabia que eu estava ali, assim como, quando me vestia, eu percebera que ela viera conferir se eu saíra do banho e calcular a minha demora para que, ao sentar à mesa, me deparasse com as terrinas fumegantes. Então andei em sua direção, e ela se virou, como uma árvore cujos galhos se movem antes mesmo de o vento passar – a expectativa que agita os sentidos, preparando-os para o que vem –, e disse o que dizemos quando não é preciso dizer nada, mas que substitui o que de fato queríamos dizer, *Pronto?*, e eu, sem o que responder senão o óbvio, respondi, *Sim*. Saltando com os olhos de uma panela a outra, inspirei forte e senti o cheiro bom de sua comida, um cheiro que rompia a penumbra de meu esquecimento, e me levava, de novo, a sorver com intensidade o momento, que eu sentia passar, como o cheiro, já habituando-se às minhas narinas, e por isso o inalava ao máximo, convicto de que aquele era o momento que eu queria viver, e ali, na cozinha, com ela, o lugar do mundo onde eu desejava estar.

    Jantamos lentamente, habituando-nos de novo um à companhia do outro, comentando as notícias do dia, as gerais e as nossas, os assuntos mais vivos, uns que seriam enterrados por outros mais urgentes, alguns que voltariam a nos afligir, e as palavras vinham e voltavam, ocupando o lugar daquilo que era nós mesmos lá nas profundezas, o silêncio, e, por ser tão imenso, precisávamos nos distrair dele.

    Como em outras noites, estávamos juntos, nem atentos nem desatentos para o ar que entrava e saía de nossos pulmões, apenas permitindo que entrasse e saísse, devorando a casca do instante e rumando para o seu miolo e, de um a outro, fluía, entre nossa conversa, o que ela sentia, o que eu pensava, *E então?, Sim, Não diga?, Você viu?, Ah é?, Não sei, Pode ser, Ótimo, Vamos!, Quer mais?, Não!, Posso recolher?, Pode, Estava bom?, Estava ótimo!, Obrigada.*

Ajudei-a a retirar a mesa, oferecendo-me para secar a louça, *Não, hoje não precisa*, eu insisti, querendo poupá-la de mais uma tarefa, e ela, querendo o mesmo, *Num instante eu limpo tudo*, e como um de nós tinha de ceder, sentei-me com um livro à luz do abajur na sala, e durante algum tempo ainda a ouvi na cozinha, guardando as panelas. Depois ela passou por mim e foi para o quarto, do quarto ao banheiro, e, em seguida, retornou à sala. Não reparei no que fazia, mas imaginei que checava a casa, pondo ordem aqui e ali, como se tivesse se esquecido de mim; eu, preso às páginas do livro, agia igualmente como se me esquecera dela, e, claro, fingindo que não percebia o que ela fazia, eu a estava recordando, linha por linha, e sabia que ela também, ajeitando as coisas, estava se chegando mais e mais a mim.

Então, como se, de repente, eu encontrasse a chave secreta capaz de igualar a minha percepção à voltagem do universo – e, assim, chegar a um ponto muito acima daquele a que normalmente a realidade me permitia –, compreendi, com espanto, o que significavam os passos dela, ali, da cozinha ao quarto, do quarto ao banheiro, o seu vaivém passando tantas vezes pela sala onde eu estava, esse seu percurso, durante dias e anos, comum e esquecível, quase a se perder de vista.

Ela cruzou outra vez a sala à minha frente, mirou-me de relance, o seu olhar, feito um clarão, descobrindo no meu o que a minha compreensão alcançava, como quem flerta uma fruta antes de colhê-la. E, vendo-a seguir para o quarto, senti o quanto aquele seu ir e vir, humilde e silencioso, alheio as nossas mais belas lembranças, me faria falta e o quanto – tanto, tanto! – me sangraria a memória, quando ela não estivesse mais aqui.

Milagres - BA

Milagres

Sentiu o volante pesado, puxando para a direita, afrouxou o pé do acelerador, atentou para perceber algum barulho diferente, mas do iPod da caçula transbordava uma música histérica que impedia sua concentração.

— Talita, ô, Talita, desliga isso um minutinho.

Virada de lado, parecia ressonar.

— Talita!, tornou a chamar.

A mulher, cara fechada, estrilou

— Deixa a menina, Rui! Que implicância!

Tencionou explicar, mas vinha emburrada desde Divisa Alegre, onde pararam para dormir, quando discutiram por causa do hotel, "Um pulgueiro", reclamara, de pé, em frente ao modesto prédio de dois andares. Os filhos sequer consentiam em deixar o conforto do ar-condicionado do Siena para enfrentar o calor seco da cidadezinha isolada no embigo do mundo. "Mas, Vera...". "Nem mas, nem mases, aqui não vamos ficar e pronto!". Conhecia a mulher, quando empacava, não havia cristo a convencê-la. "Estou cansado, Vera, venho dirigindo desde as oito da manhã... Não tem nenhum lugar melhor por perto... Dá pelo menos uma olhada nos quartos...". Discutiram ainda meia hora, o rapaz da recepção, que havia chegado à calçada para ajudar os hóspedes a descarregar possíveis malas, retrocedeu, refugiando-se atrás do balcão, encabulado e curioso. Ela voltou para o carro, fechou a porta e cruzou os braços, resoluta. Aos poucos, o silêncio, que se dispersara, assentou diáfano na noite transparente. Inflamadas, as estrelas adoeciam de beleza o céu sem nuvens. Ao lado da porta, um vira-lata sonhava sacos de lixo, fartos e suculentos. O rapaz da recepção, simulando arrumar o fichário, aguardava ansioso o desfecho. Tão poucas coisas interessantes deviam ocorrer ali, Rui imaginava, que amanhã, certamente, seriam o motivo das conversações. Desejava bater o pé, impor sua vontade, mas compreendia a mulher. Não era soberbia o que a atiçava, mas frustração. Aquela, talvez, a última viagem em família. Adolescentes, tiveram que negociar com os filhos – corrompê-los, na verdade –, oferecendo um iPod para a Talita, um curso de guitarra para o Netinho. A contragosto, aceitaram a permuta, mas, sabiam, cada vez mais difícil, e caro, persuadi-los. Ela se esmerava em encaminhar tudo às direitas, cuidando para não amplificar as tensões cotidianas, mas a vida negaceava, irrefreável. Vorazes, os anos devoravam seu corpo, e as pequenas alegrias que um dia sustentaram suas ilusões sucumbiam à rotina do dinheiro contado, da dificuldade de diálogo com os filhos, da ausência de companheirismo do marido. E aquelas bobagens dos primeiros tempos, cinema, restaurante, motel, passeios, presentes, surpresas, encontravam-se agora encarceradas num tempo tão remoto que duvidavam ambos de suas lembranças.

— Vera, é que estou querendo ver se o pneu está murcho...

— O pneu furou?

– Não sei...
– É só olhar, Rui!
Baixou o vidro elétrico, colocou a cabeça para fora.
– Acho que não...
– Mas o volante está puxando pra esse lado...
O Netinho despertou, o vento esquadrinhando seu rosto revolto de cravos e espinhas.
– Quê que foi?!
– Seu pai acha que o pneu furou.
– Que pneu?
– O dianteiro, aí deste lado...
O filho baixou o vidro elétrico, colocou a cabeça para fora, comparou, decretou:
– Está murcho sim.
– Não falei?, resmungou, triunfante.
– E agora?, indagou, angustiada.
Rui pensou parar no acostamento, substituí-lo pelo sobressalente, mas, além de perigoso, naquele trecho a rodovia transformara-se em um manto esfarrapado, o sol de janeiro esgarçava a paisagem, talvez conseguisse alcançar um posto de gasolina.
– E agora, Rui?, perguntou novamente.
– Vou ver se acho um posto de gasolina.
– Vai acabar com o pneu, o filho comentou, entediado.
– Vai acabar com o pneu, Rui?, indagou, aflita.
– Não, Vera, não vai não...
O Netinho ia contestar, mas, logo após a curva, Rui notou, algumas centenas de metros à frente, algo como um totem de posto de gasolina.

– É um posto?, perguntou, indicando a mancha amarela que se destacava além da colina, junto a um grupo de árvores solitárias.

A mulher e o filho observaram, concluindo:

– É.

O homem felicitou-se: evitava sujar as mãos, suar a camisa, e ainda esquivava-se de um interminável e inútil bate-boca.

Próximo do acesso, mostrou, satisfeito, o pneu velho, de caminhão, amarrado no alto de um poste de madeira, a placa carcomida pela ferrugem, sumidas letras vermelhas, mal alinhavadas,

Borracharia 24 horas

<=

Deu seta para a esquerda, cruzou a pista e embicou em direção a uma mambembe edificação bastante afastada das bombas de gasolina, onde um homem, sentado no banco traseiro de uma Kombi, convertido em sofá, lia entretido um pedaço de jornal.

O homem lia entretido um pedaço de jornal, sentado no banco traseiro de uma Kombi, convertido em sofá, quando percebeu o Siena preto embicar em sua direção. Levantou-se, e automaticamente acendeu um Hollywood. O carro estacionou, motor ligado, e, após alguns minutos de hesitação, deslocou-se irritado para a lanchonete, hasteando uma tênue cortina de poeira. No entanto, indeciso, mais uma vez arrancou, parando agora junto às bombas de gasolina, onde, em gestos vagos, o frentista explanou qualquer coisa ao motorista. Exasperado, atravessou o pátio, atingiu a pista, e acelerou, tomando o rumo contrário. O homem, enfiado num macacão imundo, coçou o cocuruto de raros e longos cabelos sujos, e caminhou devagar para o amplo quintal atrás da borracharia.

Milagres

Com uma longa vara de bambu, futicava os galhos da mangueira, buscando derrubar as frutas maduras antes que desabassem inutilizadas no solo ou que os bem-te-vis as estragassem com suas bicadas. Tão distraído nesta função, só atentou para a chegada de um freguês quando assustou-o a buzina impaciente. Catou as quatro mangas que conseguira colher, duas em cada mão, e, volteando a borracharia, deparou-se com o mesmo Siena preto de há pouco.

— Boa tarde!

— Já é boa tarde?

— Passa do meio-dia...

Acendeu um cigarro.

— E, então, voltou?

— É, meu pessoal preferiu aproveitar pra almoçar... Deixei eles lá atrás, numa churrascaria...

— Espetão?

— Isso.

— Dizem que é boa a comida lá... Churrasco...

— Bom, acho que o pneu direito está furado...

— Vamos dar uma olhada...

Arrastou o macaco-jacaré, posicionou-o sob o eixo dianteiro, a chave-em-cruz bambeou os parafusos.

— O senhor é de Betim mesmo?

— Não, é só a placa do carro. A firma que eu trabalho tem convênio com a Fiat, a gente compra com desconto lá.

Retirou a roda, empurrou-a até a banheira esmaltada, encardida, girou-a afundada na água preta, que, derramada, rapidamente absorveu-a a terra estiada.

— Que mal lhe pergunte, o senhor mexe com quê?

— Sou representante laboratorial.
— Aqui ó, o furo... Está vendo essas bolhas? Fez um rombo...
— É a estrada... uma buraqueira danada... E dormi mal... dormimos no carro...
— Não achou hotel nem pensão aí pra baixo não?
— Mais ou menos...
— Olha, vai precisar de um manchão.

Rui consultou, inquieto, o relógio-de-pulso, vinte e cinco para a uma, o suor encharcando a camisa-de-malha branca.

Uma galinha ara o chão, escarvando vermes para seus pientos pintinhos.

Um gato gordo, rajado, refestela-se à sombra de um abacateiro.

Ao zumbido intermitente dos motores dos carros, ônibus e caminhões vindo da estrada, ajuntava o som metálico do homem que, com uma espátula e uma marreta, esforçava-se para extrair o pneu da roda.

— É bom esse negócio, representante laboratorial?
— Já foi melhor... Hoje a concorrência é grande... Muito menino novo, bem formado... Eles jogam pesado... não têm escrúpulo... E a gente vai ficando enferrujado... A idade...

O homem penetrou no cômodo escuro, telhado baixo, paredes forradas com antigos calendários da Pirelli, um pôster descorado do time do Vasco, Bicampeão Brasileiro – 1989, fios elétricos encipoados, um compressor-de-ar, num nicho acima da bancada de ferramentas caoticamente organizadas um rádio-a-válvula, ligou a lixadeira-e-rebolo.

— Se quiser uma manga, pega aí...
— Não, obrigado, queria era ir ao mictório.

Milagres

– Ah, é ali atrás...

Rui volteou a casa, vislumbrou o grupo de mangueiras solitárias, latas amassadas e pneus velhos esparramados pelo áspero matagal, uma acanhada horta de leiras desarranjadas, pés de couve, cebolinha e mostarda ressequidos, folhas amareladas, alcançou o banheiro, destrincou a porta, surpreendeu-o a limpeza, vaso sanitário sem assento, chuveiro frio, uma bucha pendurada na torneira, uma rachadura na pia, espelho pequeno de moldura de plástico laranja pregado no emboço estufado. Mijou, deu descarga, lavou o rosto e as mãos, enxugou-as na bermuda. Passos à frente, outra porta, a janela escancarada, bisbilhotou, um ordenado quarto minúsculo, chão de cimento grosso, cama-de-solteiro, rádio-de-pilha, arca, bilha, fogão-jacaré, bule, coador, uma caneca de ágata, uma vasilha de plástico transparente (cheia de pó-de-café?), uma vassoura, um garrafão (cachaça?).

Retornou.

– Que mal lhe pergunte... Ah, como é mesmo seu nome?

– Gilson... Mas o pessoal só me conhece como Cabeludo...

– Cabeludo... O meu é Rui...

– Prazer.

– Desculpe a indiscrição, mas você mora aqui mesmo?

– Moro.

– Sozinho?

– Sozinho.

– E você fica à disposição vinte e quatro horas por dia?

– É.

– Mas... então... você... nunca sai daqui?

– Praticamente.

Cabeludo acendeu um Hollywood.

— Pra falar a verdade, tem mais de trinta anos que estou aqui e não posso dizer nem que conheço direito Milagres, que fica uns cinco quilômetros pra frente.

Um vira-lata descarnado, olhos mendicantes, surgido de lugar-algum, tentou aproximar-se, língua de fora, humílimo, mas Cabeludo, com gestos ameaçadores, afugentou-o, "Passa, Costelinha! Passa!", rabo entre as pernas, covardemente hipócrita.

— Esse cachorro é um sacana! Vem com essa cara de madaleno aí, mas é um ladrão, mata os frangos, come os ovos... um filho-da-mãe!, o que ele é...

— Mas você não se sente sozinho, não?

— Olha, vou ser sincero: graças a Deus, tem esta estrada aí cheia de buraco. Todo ano o governo contrata uma empreiteira, ela faz uns remendos, recebe pelo serviço e devolve uma parte do dinheiro pros políticos. Na primeira chuva, volta tudo à estaca zero. Por conta disso, tenho movimento dia e noite, sábado, domingo e feriado... Para gente aqui de tudo quanto é tipo, inclusive gringo lá das bandas da Argentina, do Uruguai... Então, sempre tenho companhia, alguém pra conversar, trocar ideias...

— Mas não é certo não, essa roubalheira...

— É... mas isso é o Brasil...

Cabeludo aninhou o pneu na roda, encheu-o, empurrou-o até a banheira esmaltada, encardida, girou-o afundado na água preta, que, derramada, rapidamente absorveu-a a terra estiada, atraindo a galinha e os pintinhos.

— Ó, está uma beleza agora.

Rui abriu o bagageiro e desocupou-o das malas, bolsas e sacolas. Cabeludo retirou o sobressalente, depositando o pneu recondicionado no lugar.

Milagres

— Mas, e fim de ano, Natal, Ano Novo?

— Não ligo pra essas datas não...

— Eu também não, mas... tem todo um simbolismo... família, essas coisas...

Meticuloso, Rui repôs as malas, bolsas e sacolas no bagageiro. Cabeludo, aparafusada a roda no eixo dianteiro, esticou a borracha para calibrar os pneus.

— O senhor está indo pra onde?

— Conceição do Coité.

— É longe?

— Uns duzentos quilômetros...

— Seria bom fazer logo o alinhamento e o balanceamento... e uma cambagem também... Lá deve de ter isso...

— Deve sim...

Indagou o preço do serviço e enfiou a mão no bolso-de-trás da bermuda, pinçando uma nota da magra carteira.

— Ih, vou ter de ir no posto trocar...

— Eu te acompanho.

Devagar, avançaram, os pés cuspindo os pedregulhos que infestam o chão esturricado. Cabeludo arfava, cigarro queimando entre os dedos médio e indicador.

— Você não tem cara de ser daqui... É?

Cabeludo abraçou o horizonte com seus enormes olhos verdes.

— Já faz tanto tempo... Às vezes penso que nasci aqui mesmo, dentro da borracharia...

— Você parece mais gaúcho, catarinense...

— Não, não... nasci no seu estado...

— Em Minas? Onde?

– Num lugar que ninguém conhece...

– Se é em Minas eu conheço. Já rodei o estado inteiro. Só pra você ter uma ideia, a minha esposa, a Adelice, é baiana, a família dela é aqui de Conceição do Coité, pra onde estamos indo, e sabe onde conheci ela?, em Alfenas, sul de Minas. Eu fazia aquele setor e um dia esbarrei com ela, que estudava Psicologia na universidade de lá. Os pais dela não são ricos, são remediados, mas na época estavam muito bem de vida, mexiam com beneficiamento de sisal, aí a gente começou a namorar, ela acabou engravidando, largou o curso... O pai dela ficou puto da vida, mas assim que viu a cara do Rivaldo, nós demos esse nome em homenagem a ele, pra fazer uma média, sabe como é, o menino odeia, mas pelo menos a coisa terminou mais ou menos bem... Já estamos casados há dezessete anos...

– Ô, Raimundo, troca pra mim...

O rapaz sacou um bolo de dinheiro e devolveu notas miúdas, que Cabeludo, subtraindo sua parte, repassou para o Rui.

Devagar, regressaram, os pés cuspindo os pedregulhos que infestam o chão esturricado.

– Mas qual que é o nome da sua cidade?

– É Rodeiro... fica perto de Ubá...

– Claro que conheço Rodeiro! Ubá é o meu setor atualmente!

– É mesmo?!

– Tem um médico lá, o doutor Justi, Pascoal Justi, conhece ele?, é amigo meu, gente muito boa... Quer dizer que você é de Rodeiro...

Cabeludo acendeu um Hollywood, entatuando-se, confuso. Rodeiro havia se tornado uma palavra oca, raro em raro pronunciada, um quadro esmaecido evocando uma cena além do tempo, fora do espaço, "De onde você é?", "Não conheço não". No entanto, agora, quando, pela primeira vez em mais de trinta anos, compartilhava com alguém a existência de Rodeiro, a cidade emergia à sua frente, a igreja de São Sebastião, o coreto, o jardim, os saguis saltando nas árvores, as charretes, o cheiro de mijo e bosta de cavalo, os boiões de leite, a poeirama amarela, o canto melancólico dos carros-de-boi, as caras vermelhas da italianada... E, de repente, experimentou uma urgência em revolver sua história, abandonada nalgum recôndito escuro da oficina, em meio ao lixo acumulado atrás da bancada, na admirável bagunça daqueles intermináveis dias e noites, em que, sintonizando programas de música antiga no rádio, relembrava, calças curtas, suaves mãos afagando seus cabelos anelados, o silêncio dos pastos infindos, o latido do Peralta na mata... E depois... a solidão... a amargura...

– Cresceu muito, a cidade... hoje, um próspero centro moveleiro... Irreconhecível...

Rui preparou-se para se despedir.

– Bom...

– O senhor aceita um cafezinho?

Pensou na mulher e nos filhos, aflitos para chegar logo a Conceição do Coité, iriam se queixar, com certeza, retardava além da conta...

– Bom...

Cabeludo caçou a garrafa-térmica, lavou uma caneca de ágata e um copo-americano, encheu-os, um líquido ralo, morno. Sentou-se no sofá improvisado, acendeu um Hollywood.

Rui conservou-se de pé, ansioso.

– Eu estou aqui há mais de trinta anos... Uma vida... E foi por acaso que vim pra cá, acredita? Puro acaso... Eu tinha dezoito, dezenove anos, a roça não dava mais sustento pra todo mundo, a gente estava passando um aperto danado, aí meu irmão Valério mudou pra Ubá, conseguiu emprego numa fábrica de móveis e acabou me carregando com ele. A gente morava nos fundos da casa da dona Maria Bicio, de uma família conhecida nossa lá de Rodeiro. Eu arrumei trabalho numa oficina de lanternagem, aprendiz de pintor, e as coisas iam encaminhando bem. Aí comecei a sair com a filha caçula da dona Maria. A Arlete andava com todo mundo, tinha uns quinze anos mas era muito avançada, ela, assim, facilitava bastante, não sei se entende... E vai que um dia ela apareceu grávida e começou a me pressionar pra assumir o filho. Sinceramente não sei se era verdade ou não, mas meu irmão me convenceu de não casar com ela de jeito nenhum, ele falava que ela era uma vagabunda e que ia me botar chifre com a cidade inteira, e que todo mundo ia rir da minha cara, porque eu era um ingênuo, um capiau... Eu fiquei intimidado, outra época, outros costumes, isso dava cadeia, dava morte... Aí a Arlete amarrou uns panos na cintura e escondeu o inchaço até não poder mais. E no dia que ela desmaiou na rua, e descobriram tudo, fugi pro Rio de Janeiro. Fiquei lá um ano, morrendo de medo, sem contato com ninguém... Achava que logo logo o episódio ia ser esquecido e as coisas voltavam aos eixos. Mas...

Rui, as mãos suadas, balançava as pernas, agitado.

– Eu trabalhava num restaurante, de garçom, e uma noite, voltando pra pensão, em Guadalupe, cismei que tinha um sujeito me seguindo, e a partir daí perdi a razão, minha vida virou um inferno, passei a achar que todas as pessoas conheciam minha falta, me olhavam e me condenavam, não conseguia mais comer, nem dormir, e a situação ficou tão insuportável que um dia, desesperado, desci na rodoviária só com os documentos e a roupa do corpo, e comprei passagem pro primeiro ônibus de saída. Arranchei em Feira de Santana uns meses, sobrevivendo de biscate, até que conheci um rapaz, gerente desse posto, já até morreu, coitado, que Deus o tenha!, que perguntou se não queria tocar uma borracharia aqui... No começo ainda imaginei, escondo uns tempos, espero a poeira baixar, volto, mas me sentia um covarde, decepcionei minha família, envergonhei a família da Arlete, falta de cabeça, quando a gente é jovem faz umas besteiras, depois não tem como ajeitar... Aí fui ficando, ficando... me acomodei...

Cabeludo levantou, Rui caminhou apressado rumo ao Siena preto.

— O resto é o que está vendo... Ninguém me incomoda, não incomodo ninguém...

Rui abriu a porta, entrou, sentou, girou a chave de ignição.

— Se um dia por acaso encontrar alguém, alguém da família Finetto, é meu parente com certeza, diz que encontrou o Gilsinho, e que ele está bem, e que quem sabe um dia ainda volta... quem sabe...

Rui fechou a porta, acelerou e o carro desapareceu em meio à poeira.

Quando voltava, avistou o Cabeludo acenando, no acostamento.

— Olha, estão fazendo sinal pra parar, não para não!, não para não!, Vera falou, encolerizada.

— É o borracheiro, Vera.

— E daí? O quê que ele quer? Vai atrasar ainda mais a viagem? Não acredito, Rui, não acredito!

Estacionou, baixou o vidro elétrico.

Cabeludo aproximou-se.

— Desculpe... É que pensei melhor... por favor, não fala nada não... melhor assim... melhor pra todo mundo...
— Está certo.
Rui levantou o vidro-elétrico, ganhou a pista e, pelo espelho retrovisor, observou Cabeludo atravessar a estrada.
— Que história é essa, Rui ?, Vera indagou, furiosa.

Brasília – DF

Você verá

Pego um táxi no hotel. São quatro e quinze; o dia ainda está escuro. Nas ruas, iluminadas, não há quase nenhum movimento: nem de gente nem de carros. A cidade dorme.

O táxi me deixa na rodoviária, que também, a essa hora, está quase deserta, com quase tudo fechado. Mas eu descubro um barzinho aberto e vou até ele.

O dono – um simpático senhor de meia-idade, cabelos grisalhos, bigode – faz uma expressão de surpresa ao me ver entrando. Eu explico: meu ônibus era às seis, mas eu não tinha ainda comprado a passagem, e então... Ele sacode a cabeça, concordando. Pergunta o que eu quero.

"Um cafezinho."

"Cafezinho ainda não tem", ele diz; "mas eu vou fazer."

"Eu espero", eu digo.

Deixo a minha mala, pequena, no chão, empoleiro-me no banquinho e fico esperando.

No bar – um cômodo onde, além do essencial para o bar funcionar, mal cabem as duas mesas com cadeiras que nele estão – só há nós dois, e nenhum diz nada enquanto ele faz o café.

Pendurada na parede, há uma foto da cidade, uma vista aérea. A foto é grande e está numa moldura caprichada, de vidro.

Ele despeja a água fervente, e uma fumacinha sobe, espalhando pelo ar o cheiro bom de café coado. Pega então uma xícara e um pires, brancos, de louça, e os põe na minha frente. Em seguida, puxa para mais perto de mim o açucareiro e um copinho de vidro com as colherezinhas.

Tomo o primeiro gole. Ele fica à espera, me observando. Então pergunta:

"Está bom?"

"Está", eu digo; "está ótimo."

Ele sorri, contente.

"Mais alguma coisa?"

Olho, através do vidro do balcão, os doces e os salgadinhos. Não há muito o que escolher...

"Um pão de queijo", digo.

Ele pega, com o pegador de metal, um pão de queijo – o maior, eu noto – e me dá.

"Você é mineiro?", pergunta.

"Por causa do pão de queijo?"

"Não, não é por causa do pão de queijo", ele diz; "é porque mineiro não perde o trem..."

Eu rio e repito a minha explicação sobre a passagem.

"Você está certo", ele diz, amável.

"E o senhor?", pergunto, para ser educado. "O senhor é daqui?"

"Daqui não tem ninguém, meu filho", ele diz. "Aqui todo mundo é de fora."

Eu balanço a cabeça, meio envergonhado da pergunta que fizera, pois...

"Eu vim do norte", ele continua. "Eu deixei tudo e vim para aqui. Eu deixei até a minha família."

"Sei..."

"Você já conhecia Brasília?", ele pergunta.

"Não; eu vim conhecer agora."

"Gostou?"

"Gostei. Achei a cidade bonita."

"Você foi ao Palácio da Alvorada?"

"Fui."

"E ao Palácio do Planalto?"

"Fui."

"E à Catedral?"

"Também."

E a isso, e àquilo, ele segue perguntando, sem nem me dar tempo de responder – o que eu acho bom, porque algumas coisas que ele me pergunta eu nem sabia que existiam...

"O futuro está aqui", ele diz, enchendo o peito. "Um novo país está nascendo nesta cidade."

Eu balanço a cabeça, enquanto como o meu pão de queijo e bebo o meu café.

"Um país onde todos terão oportunidade, onde ninguém mais passará fome, ninguém mais precisará pedir esmola nas ruas. Um país de gente feliz, um país de paz e prosperidade. Um país, enfim, que é o país com que todos nós, os brasileiros, um dia sonhamos."

Eu balanço a cabeça.

"Eu talvez não vá ver tudo isso, porque já estou com sessenta anos e porque isso não é uma coisa que se faz de um dia para outro; nem de um dia para outro nem de um ano para outro. Deus, que é Deus, não fez o mundo em seis dias?"

"É", eu digo.

"Então?"

Eu balanço a cabeça.

"Eu talvez não verei; mas você, você que é muito mais novo do que eu, você verá. Quantos anos você tem?"

"Vinte."

"Vinte. Pois é: daqui a quarenta anos, quando você estiver com a minha idade, quando você estiver com sessenta anos, você vai se lembrar desse dia e de tudo o que eu disse."

Eu balanço a cabeça de modo mais enfático, como a dizer que sim, vou, sim, eu vou lembrar.

"Será um outro Brasil", ele prossegue, entusiasmado, "um Brasil..."

Ele se interrompe com a chegada de uma mulher.

"Pois não, minha senhora...", diz gentilmente.

Eu olho as horas: já são quase cinco. Mastigo e engulo o último pedaço do pão de queijo – o café já acabara –, limpo a boca com o guardanapo de papel, e então pego no bolso a minha carteira.

"Não", ele diz, espalmando a mão à minha frente: "você não vai pagar nada."

"Por quê?...", eu pergunto.

"É uma homenagem minha", ele diz, sorrindo alegremente; "uma homenagem que eu faço aos mineiros, e principalmente ao maior deles: o homem que construiu esta cidade."

Eu agradeço muito e digo que nunca me esquecerei daquele dia – do cafezinho, das palavras dele e daquele gesto de generosidade.

Pego então a minha malinha e despeço-me dele com um forte aperto de mão.

Você verá

"Boa viagem!", ele diz.

No saguão, outras portas já se abriram, algumas pessoas passam com malas, um ônibus chega – a rodoviária começa a se movimentar.

Subo então para a parte de cima. Vejo que os guichês já estão funcionando e que, felizmente, não há fila. Compro a minha passagem.

Confiro o meu relógio com o da rodoviária: os dois marcam a mesma hora, cinco e vinte. Falta mais de meia hora ainda para o meu ônibus.

Tranquilo, com tudo certo, sento-me numa cadeira e acendo um cigarro. E ali fico, pensando em muita coisa e ao mesmo tempo não pensando em nada, enquanto lá fora o céu ia, devagarzinho, clareando, naquela segunda-feira de abril de mil novecentos e sessenta e três.

Descalvado – SP

Que se chama Solidão

Chão da infância. Nesse chão de lembranças movediças estão fixadas minhas pajens, aquelas meninas que minha mãe arrebanhava para cuidarem desta filha caçula. Vejo essa mãe mexendo enérgica o tacho de goiabada ou tocando ao piano aquelas valsas tristes. Nos dias de festa pregava no ombro do vestido o galho de violetas de veludo roxo. Vejo a tia Laura, a viúva eterna que suspirava e dizia que meu pai era um homem muito instável. Eu não sabia o que queria dizer instável, mas sabia que ele gostava de fumar charuto e de jogar baralho com os amigos no clube. A tia então explicou, Esse tipo de homem não conseguia parar muito tempo no mesmo lugar e por isso estava sempre sendo removido de uma cidade para outra como promotor ou delegado. Então minha mãe fazia os tais cálculos de futuro, resmungava um pouco e ia arrumar as malas.

– Escutei que a gente vai se mudar outra vez? perguntou a minha pajem Juana. Descascava os gomos de cana que chupávamos no quintal. Não respondi e ela fez outra pergunta, Essa sua tia Laura vive falando que agora é tarde porque a Inês é morta, mas quem é essa tal de Inês?

Sacudi a cabeça, também não sabia. Você é burra, ela resmungou e eu fiquei olhando meu pé machucado onde ela pingou tintura de iodo (ai, ai!) e depois amarrou aquele pano. No outro pé a sandália pesada de lama. Essa pajem, órfã e preta, era uma ovelha desgarrada, escutei o padre dizer à minha mãe. Ela me dava banho, me penteava e contava histórias nesse tempo em que eu ainda não frequentava a escola. Quando ia encontrar o namorado que trabalhava no circo, repartia a carapinha em trancinhas com uma fita amarrada na ponta de cada trancinha e depois soltava as trancinhas e escovava o cabelo até vê-lo abrir-se em leque como um sol negro. Com a mesma rapidez fazia os papelotes no meu cabelo em dias de procissão porque avisou que anjo tem que ter o cabelo anelado. Costurava nas costas da minha bata branca as asas de penas verdadeiras e foi esse o meu primeiro impulso de soberba porque as asas dos outros anjos eram de papel crepom. Ficava enfurecida quando eu dava alguma ordem, Pensa que sou sua escrava, pensa? Tempo de escravidão já acabou! Fui perguntar ao meu pai o que era isso, escravidão. Ele me deu o anel do charuto, soprou para o teto a fumaça e começou a recitar uma poesia que falava num navio cheio de negros esfaimados, presos em correntes e chamando por Deus. Fiz que sim com a cabeça e fui oferecer à Juana a melhor manga que colhi naquela manhã. Ela me olhou meio desconfiada, guardou a manga no bolso do avental e levantou o braço, Depressa, até a casa da Diva Louca, mas quem chegar por último vira um sapo! Eu sabia que ia perder mas aceitava a aposta com alegria porque era assim que anunciava as pazes. Quando não aparecia nada melhor a gente ia até o campo colher as flores que a Juana enfeixava num ramo e com cara de santa oferecia à Madrinha, chamava minha mãe de Madrinha. Naquela tarde em que os grandes saíram e fiquei por ali banzando, ela começou a desenhar com carvão no muro do quintal as partes dos meninos, Olha aí, é isto que fica no meio das pernas deles, está vendo? É isto! repetiu mas logo foi apagando o desenho com um trapo e fez a ameaça, Se você contar você me paga!

Depois do jantar era a hora das histórias. Na escada de pedra que dava para a horta instalavam-se as crianças com a cachorrada, eram tantos os nossos cachorros que a gente não sabia que nome dar ao filhote da última ninhada da Keite e que ficou sendo chamado de Hominho, era um macho. Por essa época apareceu em casa a Filó, uma gata loucona que deve ter abandonado a ninhada, segundo a Juana, e agora amamentava os cachorrinhos da Keite que estava com crise e rejeitou todos. Tia Laura então avisou, Cachorro também tem crise que nem a gente, olha aí, apontou para Keite que mordia os filhotes que procuravam suas tetas. Minha mãe concordou, mas nesse mesmo dia comprou na farmácia uma mamadeira.

Antes do jantar tinha a lição de catecismo e das primeiras letras. Íamos para a sala da minha mãe onde havia sempre um folhetim em cima da mesa. Juana ficava olhando a capa, Lê, Madrinha, lê esse daí! Minha mãe tirava o folhetim das mãos de Juana, Você vai ler quando souber ler!

As histórias das noites na escada. Eu fechava olhos-ouvidos nos piores pedaços e o pior de todos era aquele quando os ossos da alma penada começavam a cair do teto diante do viajante que se abrigou no castelo abandonado. Noite de tempestade, o vento uivando, uuuuuuh!... E a alma penada ameaçando cair, Eu caio! gemia a Juana com a mesma voz fanhosa das caveiras. A única vela acesa o vento apagou e ainda assim o valente viajante ordenava em voz alta, Pode cair! Então caía do teto um pé ou um braço descarnado, ossos cadentes se buscando e se ligando no chão até formar o esqueleto. Em redor, a criançada de olho arregalado e a cachorrada latindo. Às vezes, Juana interrompia a história só para jogar longe algum cachorro mais exaltado, Quer parar com isso?

Quando ela fugiu com o moço do circo que estava indo para outra cidade eu chorei tanto que minha mãe ficou aflita, Menina ingrata aquela! Acho cachorro muito melhor do que gente, queixou-se ao meu pai enquanto ia tirando os carrapichos enroscados no Volpi que era peludo e já chegava gemendo porque sofria a dor com antecedência.

A pajem que veio em seguida também era órfã, mas branca. Não sabia contar histórias, mas sabia cantar e rodopiar comigo enquanto cantava. Chamava-se Leocádia e tinha duas grossas tranças nas quais prendia as florinhas do jasmineiro no quintal. Todos paravam para escutar a cantiga que ela costumava cantar enquanto lavava a roupa no tanque:

> Nesta rua nesta rua tem um bosque
> que se chama que se chama Solidão.
> Dentro dele dentro dele mora um Anjo
> que roubou que roubou meu coração.

— Menina afinada, tem voz de soprano! disse a tia Laura e eu fui correndo abraçar a Leocádia, A tia disse que sua voz é de soprano! Ela riu e perguntou o que era isso e eu também não sabia mas gostava das palavras desconhecidas, Soprano, soprano! repeti e rodopiamos juntas enquanto ela recomeçou a cantar, Nesta rua nesta rua... Vem brincar, eu chamava e ela ria e dava um adeusinho, Depois eu vou!

Fiquei sondando, e o namorado? Descobri tudo de Juana, mas dessa não consegui descobrir nada. Às vezes ela queria sair sozinha,

Vou até a igreja me confessar, avisava enquanto prendia as florinhas nas tranças. Comecei a rondar a Maria, uma cozinheira meio velha que sabia fazer o peru do Natal, A Leocádia tem namorado? Ela fechou a cara, Não sei e não interessa. Já fez sua lição?

Morávamos agora em Descalvado depois da mudança com o piano no gemente carro de boi e o caminhão com a cachorrada e mais a Leocádia e a Maria. No fordeco que o meu pai ganhou numa rifa seguimos nós, o pai, tia Laura e minha mãe comigo no colo. O carcereiro guiando, o único que sabia guiar.

Naquela tarde, quando voltei da escola encontrei todo mundo assim de olho arregalado. No quintal, a cachorrada se engalfinhando. E a Leocádia? perguntei e tia Laura foi saindo assim meio de lado, andava desse jeito quando aconteciam coisas. Fechou-se no quarto. Não vi minha mãe. Sondei a Maria que evitava me encarar. Pegou de repente a panela e avisou, Vou estourar pipoca. Puxei-a pelo braço, A Leocádia fugiu? perguntei e ela resmungou, Isso não é conversa de criança.

Quando a minha mãe chegou já era noite. Tinha os olhos vermelhos e andava assim curvada como se o xale nos ombros fosse de chumbo. Fez um sinal para a Maria, acariciou minha cabeça e foi para o quarto de tia Laura. Banzei com o prato de pipoca mas assim que Maria desceu para o quintal, corri para escutar detrás da porta. Agora era minha mãe que falava chorando, Não, Laura, não, ela está morrendo!... A pobrezinha está morrendo, imagina, grávida de três meses, três meses! E a gente que não desconfiou de nada, que tragédia, meu Deus, que tragédia! Respirou fundo e veio então a voz da tia, Mas quem fez esse aborto, quem?! E o nome do namorado, ela não disse o nome dele, não disse? Minha mãe falava agora tão baixinho que precisei colar o ouvido na fechadura, Não vai passar desta noite, a pobrezinha... Agonizando e assim mesmo me reconheceu, beijou minha mão, Ô Madrinha, Madrinha!... Perguntei, mas por que você não me contou, eu te ajudava, criava com tanto amor essa criança... Ela fechou os olhos, sorriu e acho que depois não escutou mais nada. Daí o doutor, um santo, me pegou pelo braço e pediu que eu saísse da enfermaria, precisava dar nela a última injeção, ah! Laura, Laura. Que tragédia! Expliquei que o meu marido tinha viajado para São Paulo, só nós duas aqui e acontece uma coisa dessas! A voz de tia Laura veio quase aos gritos, Mas e o nome dessa parteira, do namorado?! Minha mãe voltou a se assoar e me pareceu mais calma, Ora, os nomes, o que adianta agora?... Nem para o doutor ela disse, um santo esse médico, um santo! Pediu que eu saísse, me deu um calmante e pediu ainda que eu não voltasse mais, cuidaria de tudo, estava acostumado com essas coisas... A pobrezinha foi embora com o seu segredo, ah, meu Deus, meu Deus! Lembra, Laura? Quando eu tocava piano ela vinha correndo e se sentava no chão para ouvir, Toca mais, Madrinha! Tinha uma voz linda, lembra? Eu cuidaria dela, da criança, cuidaria de tudo, disse minha mãe e afastou a cadeira. Começou a andar. Apertei contra o peito o prato de pipocas e recuei. Tia Laura também se levantou, Agora é tarde! disse e suspirou. Ainda esperei um pouco, mas ela não tocou na Inês.

Eu não gostava do mês de dezembro porque era nesse mês que vinha o último boletim da escola, melhor pensar na quermesse do Largo da Igreja com as barracas das prendas e a banda militar tocando no coreto. Nesse sábado a minha mãe e tia Laura foram na frente porque eram as barraqueiras, meu pai iria mais tarde para ajudar no leilão. Precisei fazer antes a lição de casa e assim combinei de ir com a Maria quando ficasse pronto o peru. Já estava escurecendo quando passei pelo jasmineiro e parei de repente, o que era aquilo, mas tinha alguém ali dentro? Cheguei perto e vi no meio dos galhos a cara transparente de Leocádia, o riso úmido. Comecei a tremer, A quermesse, Leocádia, vamos? convidei e a resposta veio num sopro, Não posso ir, eu estou morta... Fui me afastando de costas até trombar na Keite que tinha vindo por detrás e agora latia olhando para o jasmineiro. Peguei-a apertando-a contra meu peito, Quieta! ordenei, Cala a boca senão os outros escutam, você não viu nada, quieta! Ela começou tremer e a ganir baixinho. Encostei a boca na sua orelha, Bico calado! repeti e beijei-lhe o focinho, Agora vai! Ela saiu correndo para o fundo do quintal. Quando voltei para o jasmineiro não vi mais nada, só as florinhas brancas no feitio das estrelas. Subi pela escada nos fundos da casa e entrei na cozinha. Maria embrulhava o peru assado no papel-manteiga. Andou sumida, ela disse e me encarou. Mas o que aconteceu, está chorando? Enxuguei a cara na barra do vestido, Me deu uma pontada forte no dente do fundo! Ela franziu a boca, Mas o dentista não chumbou esse dente? Espera que eu vou buscar a Cera do Doutor Lustosa, avisou mas puxei-a pelo braço, Não precisa, já passou! Ela abriu a sacola e enfiou dentro o peru:

— Então vamos lá.

Na calçada tomou a dianteira no seu passo curto e rápido, a cabeça baixa, a boca fechada. Fui indo atrás e olhando para o céu, Não tem lua! eu disse e ela não respondeu. Tentei assobiar, *Nesta rua nesta rua tem um bosque* e o meu sopro saiu sem som. Fomos subindo a ladeira em silêncio.

Amparo – SP

Noites antigas de Amparo
(mentiras da memória)

*De certa forma, uma história não significa nada
a menos que você mesmo a tenha vivido.*

B. Traven

Diziam que, durante o dia, uma mulher no Beco dos Prazeres dedicava seu tempo à iniciação de garotos. Chamava-se Jerusa essa dona, pelo que pude apurar, não sei se nome de berço ou de guerra.

Abordei o assunto com o França, ele desconversou na hora. Falou que no beco, uns dias antes, tinham despachado a navalhadas um portuguesinho bebum e brigão, metido a protagonista. O França morria de medo de tudo, das mulheres, em particular. Eu gostava dele. Na verdade, todo mundo gostava, um amigo esquisito, mas querido.

A família do França tinha vindo da zona rural de Minas, ele, a mãe e uma irmã, para uma casa velha na última rua de Amparo, perto da linha do trem. "Nas franjas da cidade", como uma vez ele escreveu numa redação no colégio. O França era um pouco mais velho do que a gente, embora sua magreza obscena diluísse qualquer diferença física. Era um desnutrido. Estava atrasado na escola, por isso puseram na nossa turma.

Ele gostava muito de escrever e desenhava de um jeito maníaco. Umas coisas meio doidas, uns seres que ninguém conhecia, uns lugares que nenhum de nós tinha visitado. Lembro-me das paredes do quarto dele cobertas por esses desenhos estranhos, e também da mãe dele parada ali, de mãos na cintura, olhando com incompreensão e orgulho a obra do filho, enquanto pela janela passava o trem que fazia tremer a casa inteira.

Era jovem ainda a mãe do França, uma mulher bonita e triste. "Um camafeu silencioso que nunca mais se abriu", ele a decifrou num poema sobre a família. O pai tinha morrido numa tocaia, ele dizia, daí tiveram de fugir de Minas. (Mais tarde, descobri que, na realidade, foi um prosaico enfarte que matou o pai do França, mas na ocasião mentiras desse tipo já haviam conquistado aquela espécie de autoridade que certas lendas passam a ter sobre a verdade.)

A casa do França cheirava a medicamento, disso também me lembro. Ele e a irmã padeciam de uma forma severa de asma. Respiravam assobiando, usavam bombinhas, não podiam com nenhum tipo de poeira. No futebol, ele sempre ia parar no gol por falta de fôlego. Foi, é possível afirmar com grande chance de acerto, um adolescente atormentado e infeliz. Numa receita válida para todos nós, vivia dizendo que a saída era dar o fora da cidade o quanto antes. Falava isso com pompa e enigma:

Planejo evadir-me do local humano assim que possível.

Então o França se apaixonou. Despencou num precipício amoroso, melhor dizendo. E viveu um amor feito de êxtase e ruína. Mais de ruína que de êxtase.

O objeto de sua afeição atendia pelo nome de Liamara, uma morena robusta, desenvolvida pra idade, mulher entre meninas. Logo, tinha mais interesse em rapazes que já faziam a barba duas vezes por semana e saíam com o carro dos pais.

O França, que nunca foi um modelo de equilíbrio, endoidou de vez. Parou de falar em dar o fora; aliás, parou de falar de qualquer coisa que não fosse a Liamara. Criou olheiras e poemas, mandou flores anônimas, sumiu da escola. E começou a rondar a casa dela com tamanha ênfase que acabou por tomar uma prensa do pai e dos irmãos da moça.

Nem assim arrefeceu.

Nas noites estreladas e frias de Amparo, você podia encontrá-lo sentado na guarda da ponte, num solilóquio desesperançado que misturava versos de amor e queixas contra o mundo aos silvos de sua respiração asmática.

Achamos que algo muito ruim estava para acontecer. E resolvemos intervir. Ficou acertado que um de nós procuraria a Liamara, tarefa que coube ao Espeto, conhecido de um dos irmãos dela – faziam judô na mesma academia, com o legendário mestre Toninho.

Não sei bem o que a gente queria com aquilo. Talvez apenas informar a Liamara do que ocorria; todo mundo sabia que o França jamais iria se declarar.

Na semana seguinte, o Espeto juntou a turma e apresentou o veredicto cruel: ela não queria nada com o França. Nenhuma chance. Pior: nem sabia direito quem era o pretendente, desconhecia sua existência. Éramos invisíveis para aquela idade de garota. Ao menos foi o que me pareceu na ocasião.

Perdi o França de vista por uns tempos depois disso. Evitei-o, tenho de admitir. E não fui o único. Quase ninguém mais tolerava a ladainha obsessiva do nosso amigo.

Uma tarde, eu e o Dico criamos coragem para dar uma volta no Beco dos Prazeres, numa de ver o que acontecia. E foi lá, de um modo inesperado, que voltei a pensar no França.

Era cedo ainda, as mulheres se aglomeravam nas portas e janelas das casas para prosear e aproveitar a fresca, enquanto os primeiros fregueses não chegavam. Lembro que nos olhavam com curiosidade e tédio e que retribuíamos olhando para elas com um espanto que, no íntimo, eu e o Dico esperávamos que se convertesse em desejo.

Nenhuma era bonita. Nenhuma era jovem. Nenhuma parecia feliz por estar ali.

A tal Jerusa atendia na última casa do beco. Era uma mulata de cabelo alisado e braços grossos e flácidos e vestido curto. Sem rodeios, perguntou quem iria primeiro e, diante de nossa ansiosa indecisão, escolheu o Dico. Permaneci à espera na porta, torcendo para que nenhum conhecido passasse pelo beco naquele momento.

Então a mãe do França saiu de uma das casas.

Fiquei com a impressão de que me ver ali não provocou nela qualquer reação particular. Ela me olhou por um instante e, antes de se afastar, me cumprimentou com o mesmo sorriso melancólico com que contemplava os desenhos nas paredes do quarto do França.

O Dico demorou e acabei desistindo de esperar pela minha primeira vez com a Jerusa. (Mais tarde, ele espalharia que eu me acovardei no beco, mas nunca comentei com ninguém meu encontro com a mãe do França.)

Foi um ano muito estranho aquele: o Brasil perdeu uma Copa que parecia ganha; os milicos impediram o povo de votar em mais uma eleição; descobrimos que o Espeto andava de namoro com a Liamara.

Vi o França pela última vez na rodoviária da cidade, num domingo de manhã. Embarcava para visitar uns primos que viviam em

Itapira. Estava com uma gripe horrorosa, mal conseguia falar por causa da asma. Afetuoso como sempre, me abraçou e revelou que preparava um livro de poemas. A gente se prometeu visitas e cervejas, que, afinal, nunca se concretizaram.

Quando aconteceu, eu estava fora da cidade, de férias. Alguém telefonou no meio da noite para contar. O maquinista explicou que não teve tempo nem de pensar em usar os freios. O França não deixou nenhum bilhete. A meu pedido, escreveram em seu túmulo: "O coração também é uma víscera." Um verso dele do qual eu gostava muito.

O Espeto andou evitando a gente por um longo tempo. Acho que sentia um pouco de culpa ou de remorso, sei lá, o que, no fundo, era uma grande bobagem. Hoje ele mora em Santos, está casado com a Liamara, com quem tem três filhos. O mais velho, adivinhe, leva o nome do França.

Espera Feliz – MG

Espera Feliz

A desventura é grave para aqueles a quem chega de repente; facilmente a suporta quem sempre a espera.

Sêneca

Foi numa quinta-feira úmida de 1997 que Hélvia pegou o primeiro ônibus do dia e retornou à sua cidade natal para se matar.

Aos trinta e nove anos, vinte e um vividos em diferentes lugares do país e do mundo, ela estava convicta de sua decisão de voltar para aquele município modesto, situado em pleno maciço da Serra de Caparaó, na Zona da Mata mineira, a quase mil metros acima do nível do mar. Lugar onde o verão ainda era ameno e o inverno exigia fartos agasalhos dos pouco mais de vinte mil habitantes que lá viviam. Onde as tardes se esticavam, densas, e cada noite parecia uma pequena eternidade.

O fato de ter tido algumas outras pátrias íntimas não demovia Hélvia do intento de se exilar ali, ainda que provisoriamente ou, como pretendia, para sempre. Sua disposição trágica era, digamos, uma obsessão antiga: sabe-se que ela nunca deixou de proclamar que, quando se cansasse de si mesma, deixar-se-ia arruinar por todas as suas feridas.

A vida nunca me foi generosa, ela me escreveu pouco depois de chegar à sua cidade e constatar que tudo lhe era controverso demais para que pudesse suportar mais um ano ou alguns dias. E completou, em tom elegíaco: *Você é a pessoa que mais entende meus motivos para desistir de tudo, mesmo quando tenta me convencer do contrário. Eu queria poder lhe dedicar todas as horas em que eu poderia ter sido feliz mas não pude. Você sabe que perdi todos os homens que amei, abdiquei do único filho que eu poderia ter tido, recusei o amparo de minha mãe por não acreditar que tal amparo fosse sincero e passei a pertencer a este mundo não mais que como um acidente, um acontecimento fortuito. E para completar, ainda há o tormento da insônia que não me abandona nunca. Enfim, desisti, minha amiga. Talvez quando você receber esta carta, eu não mais exista.*

Eu sabia de uma certa propensão de Hélvia ao suicídio, mas, no fundo, nunca acreditei que ela pudesse, efetivamente, dar cabo à própria vida. Ela já tinha me contado sobre suas fantasias em torno da própria morte, de como planejava morrer numa noite de domingo, vestida com requinte, ao som de um concerto de Haydn e bebendo uma taça de vinho. Mas eu sabia que alguma coisa nela se recusaria a morrer quando chegasse a hora. Eu sabia que, no momento em que se decidisse pelo fim de tudo, ela não se renderia à banalidade de seu próprio gesto, por não se achar à altura do que o suicídio, de fato, exige de quem a ele sucumbe. Arrastar-se de um dia a outro, sem certeza de se chegar a algum lugar, não é, a meu ver, um motivo suficiente para alguém se matar, como Hélvia teima em dizer. Talvez a insônia seja, mas não a dela, que nunca foi assim tão legítima como ela afirma. Além disso, sempre considerei minha amiga boa demais para ser capaz de tirar a própria vida. Geralmente essa proeza é própria de quem, no fundo, tem o dom da avareza ou da insídia. Acredito também que ela estava, naquele momento, numa idade em que tudo se torna, bruscamente, mais difícil. Uma idade que a incitava, de certa forma, ao desespero. Mas, como já li em algum livro, quase ninguém se mata num acesso de demência ou impaciência, mas sim num estado de lucidez nociva. Tudo isso me fez concluir que ela não se suicidaria tão cedo. E não deixei de fazer a minha parte: escrevi-lhe como se tivesse, de repente, resolvido incitá-la ao ato, pois passei a achar que a melhor maneira de afastar uma pessoa do intento da morte é aprová-lo.

O fato é que Hélvia não se matou. O que ela me disse, ao justificar o que chamou de "minha fraqueza diante da morte", foi que "não vale a pena se matar, já que sempre se faz isso demasiadamente tarde". Mas para mim isso soou apenas como um pretexto, uma escusa. O que eu soube depois foi que, aos poucos, ela recobrou os ânimos, voltou a desenhar – era seu ofício preferido – e passou a conviver com uma cidade que já não reconhecia como sua, depois de tantos anos. Isso, até que acontecesse o que vou contar mais adiante.

Conheço Hélvia desde os tempos de faculdade, em Belo Horizonte, embora nunca tivéssemos sido propriamente colegas, por eu ser um pouco mais velha. Lembro que ela era muito tímida, costumava cobrir os espelhos de sua casa em dias de chuva e tinha medo dos acasos e coincidências. Nunca me esqueci de seu rosto fingidamente calmo, de seus olhos verdes e indecisos. Na época, ela namorava um rapaz chamado Jaime, belo espécime de ombros largos e pele tostada, mas que morreu cedo, atropelado por um Chevette bege, num fim de tarde de domingo. Minha amiga tinha, então, menos de vinte anos de idade e uma maturidade dúbia, ainda suscetível aos mínimos entraves e conflitos. Daí ela ter sofrido tanto com essa perda, da qual não se livraria tão cedo. Outro dado digno de nota é que ela vivia dizendo que se distanciara da mãe por se achar visceralmente diferente dela, a ponto de considerar tal diferença um perigo. Por isso se recusava a vê-la, mesmo nos feriados e nas efemérides. Já o pai, dizem, caíra no mundo com uma amante estrangeira, sem deixar rastros nem bilhete.

 Um ano depois da morte de Jaime, Hélvia já estava envolvida com um homem mais velho, casado e com três filhos, que lhe deu mais trabalho que regozijos. Para complicar, ela ficou grávida desse homem, sendo obrigada a fazer um aborto numa clínica clandestina do Rio de Janeiro. Exausta de tudo, mudou-se para São Paulo e, de lá, foi para os Estados Unidos, onde viveu por cinco anos, trabalhando como camareira de hotel e, depois, como atendente de uma agência de turismo. Peregrinou também pela Espanha e pelo Chile, até que resolveu voltar para Belo Horizonte, lugar que ela odiava mais do que a sua própria vida. Voltou porque recebeu de um tio solteirão, como herança, um apartamento nessa cidade, além de uma boa soma de dinheiro com que pôde se sustentar até o fim de seus dias.

 Isso é quase tudo o que eu sabia sobre Hélvia até o momento em que ela vendeu o apartamento de Belo Horizonte e mudou-se para sua cidade natal, com propósitos de suicídio. Outros detalhes de sua vida pregressa, sobre os quais ela me pediu sigilo, chegaram-me através das cartas que ela passou a me enviar compulsivamente nos meses subsequentes à sua ida. O que posso contar restringe-se apenas ao seu agora naquela cidadezinha rara, conhecida pelo café aromático, pelo bicho-da-seda, pelas goiabas e os muitos olhos-d'água, e que fica na divisa de Minas com o Espírito Santo. fazendo parte de um grande parque cheio de trilhas, cachoeiras e vistas impressionantes. Mas dessas belezas ela parece não ter sido capaz de extrair, pelo menos por um tempo, nenhuma alegria.

Depois de me enviar em torno de trinta cartas num período de três meses, Hélvia parou de me escrever, o que interpretei como sendo um sinal de que ela estava bem e recuperada de suas lesões na alma. Ao longo de dois anos, chegaram-me apenas cartões de Páscoa, Natal e aniversário, aos quais retribuí com um gesto, digamos, quase burocrático. Até que recebi, num dia chuvoso de março, uma longa carta de minha amiga, dizendo-me que estava com uma doença incurável e que resolvera não se submeter a qualquer tratamento, já que, afinal de contas, agora podia sucumbir à morte sem precisar provocá-la artificialmente. Finalizou a carta, dizendo: *minha espera será feliz e calma.*

Em menos de três dias, estava eu num ônibus rumo à cidade de Hélvia, para tentar fazer alguma coisa contra essa decisão insana. Viajei em torno de seis horas, sem dormir, lamentando o dia em que me tornei amiga dessa mulher complicada. Ao passar por Manhumirim, lembrei-me de um namorado meu da adolescência, que lá nascera. Foi o melhor momento de minha jornada, pois tal lembrança me fez olhar um pouco o entorno e rememorar algumas horas de amor que nós dois tivemos. Quando cheguei ao destino – vi que a rodoviária tinha ares de uma estação de trem antiga – peguei um táxi e fui para a casa de minha amiga, com a urgência de quem quer livrar-se de um fardo. A surpresa dela ao me ver foi além do que eu imaginava: abraçou-me hesitante, como se perguntasse o que eu fazia ali, naquela hora da manhã, quase madrugada. Antes de ela me dizer qualquer coisa, antecipei-me: *Vim te salvar, Hélvia.* Ao que ela respondeu, incisiva: *nem se eu quisesse, isso seria possível.*

Foi aí que eu soube que sua enfermidade era mesmo muito grave e que qualquer tratamento seria apenas um atenuante. Mesmo assim insisti para que Hélvia voltasse comigo para Belo Horizonte e consultasse um especialista famoso. Ao que ela se recusou, alegando que já tinha ido a um excelente médico em Vitória e que ele não lhe tinha dado esperanças de cura. *Além disso, por que fugir do inevitável?*, acrescentou, um pouco sisuda. Não adiantaram meus argumentos, pois ela realmente estava convicta a deixar-se morrer no tempo previsto. *Não se preocupe, pois estou na melhor fase de minha vida*, ela arrematou, com um sorriso oblíquo. O que eu podia fazer, depois de tanta insistência, senão abandoná-la nesse desejo? Eu sabia que a doença de Hélvia poderia entorpecer os atos do corpo, mas não os da vontade e os dos sentidos.

Parti dois dias depois. Preocupada, é claro, mas sem muita paciência para tolerar o que considerei uma falta de tino. E como não gosto de ser inoportuna nem pressionar ninguém a fazer o que não deseja, resolvi ficar na minha, embora sempre atenta à minha amiga que, para o meu alívio, retomou o hábito de me escrever cartas, relatando – em detalhes – coisas de seu dia a dia.

Numa das primeiras cartas que me escreveu, contou-me que comprara um carro, pois queria conhecer melhor a região onde estava. Acabou por confessar depois, não sem autoironia, que na verdade tinha resolvido visitar os cemitérios de todas as cidades vizinhas para escolher o lugar de seu enterro. Disse-me ainda que queria anotar epitáfios interessantes durante tais visitas, bem como pesquisar livros funerários, de forma a se inspirar para criar um epitáfio para si, bem bonito. As cartas seguintes foram verdadeiros relatórios de viagem, com listas de cidades, exemplos de epitáfios e nomes de cemitérios.

Espera Feliz

Pareceu-me que ela estava realmente gostando da experiência, tal o entusiasmo com que descrevia as cidades, os parques, as grutas, as cachoeiras e, claro, os recintos mortuários que visitava obsessivamente. Foi então que eu soube que na região de Recanto, Distrito de Ponte Alta de Minas, município de Carangola, existe um sítio arqueológico que guarda um cemitério indígena do século XVIII; que há em Caiana um cemitério cheio de plantas, dentre elas, a asistásia-branca, a crossandra-amarela, a alamanda-roxa, a canafístula, o hibisco, o cravo-de-defunto, o melindre, o coração-magoado e o cipreste; que em Lajinha as covas são estreitas e fundas; que em Pedra Dourada há gatos rondando os túmulos; que no pequeno cemitério de Fervedouro há uma inscrição insólita, que diz: *para um homem morto, o mundo inteiro é uma comédia fúnebre*. Hélvia conheceu também alguns lugares do Espírito Santo, como Iúna, Irupi, Guaçuí, São José do Calçado. Chegou até a algumas cidadezinhas do Rio de Janeiro, como Varre-Sai, Porciúncula e Natividade – esta, como se sabe, um local que recebe centenas de romeiros, devido a três aparições de Nossa Senhora, em 1967, quando a Virgem teria deixado uma mensagem em uma pedra que fica exposta no Sítio dos Milagres.

Foi num sábado de sol, depois de percorrer a pé uma bela paisagem do Alto Jequitibá e ter visitado um pequeno cemitério cheio de cruzes brancas sobre lápides de cimento, que Hélvia conheceu Vicente, um biólogo que fazia pesquisas nos arredores. Capixaba, de Dores do Rio Preto, ele vivia em Vitória, onde lecionava em uma faculdade, viajando sempre que possível para pesquisar as plantas do Parque do Caparaó, no lado mineiro. Gostava tanto do lugar que costumava dizer que quando andava por aquela mata era como se estivesse estado sempre nela.

Vicente era um homem magro, de cabelos compridos até os ombros, olhos castanhos e pele clara. Dizia-se descendente de judeus poloneses, era vegetariano e simpatizante do budismo. Num primeiro momento, Hélvia o achou meio "bicho-grilo", mas depois viu que não, que ele tinha uma consistência que ia além do rótulo de "alternativo". Passou toda a tarde com ele naquele dia, recebendo lições memoráveis de botânica, além de informações sobre a história de toda aquela província. *Ele me contou* – escreveu ela – *que o parque foi cenário de uma guerrilha ocorrida entre fins de 1966 e início de 1967, provavelmente o primeiro movimento no país de resistência armada à ditadura; e que o Exército chegou à região, deu tiros para todos os lados, mas ninguém viu qualquer guerrilheiro, vivo ou morto, capturado.* Suas palavras tinham o entusiasmo de quem descobria o mundo, como se a vida só agora se descortinasse, plena, diante de seus olhos. Tanto, que não tocou mais por um bom tempo, depois de ter conhecido o moço, na doença que a consumia lentamente por dentro.

Um dia recebi um telefonema dela, em que me dizia ter se decidido, por insistência de Vicente, a fazer um tratamento em Vitória. Senti em sua voz um tremor que interpretei como insegurança. *Ele quer que eu viva para ele,* disse num tom estranho, misto de ansiedade e tristeza. *Logo agora que já é tarde,* completou num quase soluço. Contou-me que partiria com ele em dois dias e que não sabia quanto tempo ficaria por lá, mas que, se tivesse de morrer mesmo em poucos meses, como seu médico havia prognosticado, queria morrer no lugar onde nascera e ser enterrada no cemitério de Caiana, que ficava no mesmo município, a 6km de distância. Quanto ao epitáfio, seria este, a ser escrito num pedaço vertical de madeira, afixado ao lado de um vaso de hibisco: *Estou aqui desde que nasci.*

Senti nas palavras de Hélvia um contraditório desejo: ao mesmo tempo em que ela se aproximava do fim que tanto almejava, sentia um inesperado apego à vida, graças a um amor mais forte que suas feridas e cicatrizes. Nesse momento tive certeza de que ela lutaria até o fim pela sobrevivência, mesmo indo contra seu antigo intento. Mas acabei por concluir – mesmo a contrapelo – que no cume de sua alegria minha amiga estava à beira do abismo.

Tenho que ser mais forte que minha dor, ela me escreveu de Vitória, duas semanas depois. *É estranho, mas quero viver e morrer, simultaneamente; não sei explicar bem isso. Eu não imaginava que amar um homem como Vicente fosse me causar tanta angústia e volúpia ao mesmo tempo. Sei que vou morrer em breve, mas algo dentro de mim resiste, com veemência. Quem diria que eu ainda fosse viver esse conflito?*

A última carta que recebi de Hélvia foi postada em sua cidade natal, para onde ela voltara um mês depois, sem ter conseguido êxito no tratamento em Vitória. A parte que mais me tocou foi a seguinte: *Voltei para viver meus últimos dias intensamente. Quero ter todos os regozijos que não tive, comer meus pratos prediletos, ouvir música, passear pelas redondezas, ir às cachoeiras, ter uma feliz espera. Vicente sabe que me terá por poucos dias ou semanas, e isso torna nosso amor muito mais cheio de ímpeto e encanto. Penso sempre em você, querida amiga, que sempre entendeu meus motivos, mesmo os mais intrínsecos e insanos.*

Hélvia morreu num dia nublado de junho. Apesar da palidez, morreu linda. Apesar da magreza, morreu como se tivesse vivido todas as regalias possíveis. Enfim, morreu sem aparente medo nem sinais explícitos de sofrimento. Houve até quem dissesse que se podia ver nela um sorriso, um vislumbre de alegria. Do que não duvidei. Afinal, morrer não era o seu maior projeto de vida? Além disso, sei que foi na espera da morte que ela teve os seus momentos mais felizes. Ou estou enganada neste meu juízo?

O mais triste de tudo foi que Hilda, mãe de Hélvia, que sempre foi uma mulher difícil, não permitiu que o enterro fosse feito no Cemitério de Caiana, sob a alegação de que havia um belo jazigo da família no Cemitério do Bonfim, em Belo Horizonte, onde a filha poderia descansar em paz ao lado do avô e dos tios. Não adiantaram minhas súplicas (nem as de Vicente) para que o corpo ficasse onde minha amiga queria. Assim, Hélvia foi sepultada em um enorme jazigo de mármore, em meio a ciprestes, chefleras e palmeiras. Sem epitáfio.

Brejo da Madre
de Deus – PE

Sob fina camada de terra

No silêncio do velório, Eduardo leu em voz alta um papel encontrado entre muitos outros que o vento espalhava pela casa. Articulou as sílabas com uma impostação fácil de reconhecer nos discípulos da Escola Lacaniana do Recife, um som parecido com o francês de Edith Piaf.

– "A escrita resiste à morte e as letras são seus significantes."

Os 'erres' enganchavam na garganta e, quando conseguiam projetar-se para fora, soavam artificiais e provincianos.

Eduardo perguntou a Sílvia se ela escrevera a frase brilhante.

– É óbvio que não. Isso é de Rodolfo.

– E ele era feliz com a psicanálise?

Sílvia não respondeu à pergunta cretina. Ainda nem se acostumara com o dólmen plantado no meio da sala de casa, um morto real demais para ser negado. Rodolfo se deitara numa rede depois do almoço e nunca mais se levantaria dela, nunca mais repartiria com os discípulos as paródias lacanianas que costumava escrever.

Não foi Sílvia quem encontrou Rodolfo. Ela só conseguira adormecer por volta das seis da manhã, envolta na neblina de um ansiolítico, um barbitúrico e um antidepressivo, engolidos sem o menor controle. Às três da tarde continuava entregue à morte transitória, enquanto o marido, corajoso e radical, afundava no sono sem retorno.

— E este aforismo, me diga o que acha dele: "Falando eu aprendi a escutar e gostei desse papel de escutador."

Fazia menos de uma hora que Sílvia entrara na ordem de silêncio que se segue à viuvez, e todos esperavam que ela agisse, falasse, tomasse providências. Entorpecida e suspensa acima do chão da casa, um edifício construído em trinta e cinco anos de casamento, avançou sobre Eduardo e arrancou as folhas de papel de suas mãos.

— Ora merda! Você nem sabe o que é aforismo.

— Ficou doida, Sílvia?

Sem saber que rumo tomar em meio ao caos, ela pegou um livro aberto nos joelhos do falecido e arremessou-o contra a parede pintada com cal virgem. Tratava-se de um seminário de Jacques Lacan, mas não continuava na mesma página em que o morto deixara, pois soprava um vento morno de fevereiro e as páginas dançavam de um lado para o outro da brochura, ao bel prazer de Zéfiro. O vento também arrastava para longe os papéis escritos em caligrafia elegante, os mesmos rascunhos que Eduardo apanhara e lera, sem nenhuma compaixão por Sílvia.

— "A morte é silêncio."
— Foda-se!
— "A morte também é"...
— Foda-se! Foda-se!...

Sílvia gritou sem ligar que a escutassem. Quase chorou de raiva. Como se não bastasse sua dor, teria de administrar a devoção dos amigos de Rodolfo e de uma centena de mulheres histéricas, a quem ele analisava.

— Deixe dona Sílvia, eu apanho os papéis.

Francisco se ajoelhou para recolher os rascunhos que a gravidade obrigara a cair. Lei descoberta pelo físico Newton, quando uma maçã despencou em sua cabeça durante um cochilo embaixo de uma macieira. O empregado guardava os achados num envelope amarelo, sem a curiosidade de ler uma única palavra, indiferente às leis da física e aos matemas lacanianos. Vez por outra erguia os olhos esperando receber uma ordem do patrão, o pedido de que fosse buscar o laptop no escritório ou um copo de limonada na cozinha. Mas aqueles lábios nunca mais se moveriam. Francisco amarrara o queixo de Rodolfo com um lenço, evitando que a boca ficasse aberta e entrassem insetos. Em boca fechada não entram moscas. Aprendera com a avó materna, quando ainda morava no agreste, um lugar distante e apagado da lembrança pelo registro de outras imagens, o filme colorido da cidade grande em que viera morar há muito tempo. A velha senhora exercia o ofício de parteira e prestava o último socorro aos enfermos. Abria os olhos dos recém-nascidos para a vida, e fechava os olhos dos que morriam.

— Francisco, o que mata o homem não é o que lhe entra pela boca, mas o que lhe sai pela boca. Você compreende?

— Não.

Rodolfo dava gargalhadas fortes, assombrosas, na casa de pé-direito alto, um casarão que nunca parava de crescer em novos cômodos, embora a família continuasse com apenas dois membros: marido e esposa.

— Você já ouviu falar em psicanálise?

— Aqui só falam nisso.

As gargalhadas arrancavam Sílvia de seu quarto, da poltrona e do computador. Ocupada com panfletos e mitologia feminista, ela jamais transpunha o legado de Simone de Beauvoir, nem mesmo no modelo de casamento sem filhos.

— Vocês querem parar com a bagunça? Eu não consigo me concentrar no trabalho — reclamava.

— Me diga o que você acha disso, Francisco: "É necessário criar histórias que ocupem o buraco de uma falta nunca preenchida; mesmo que o homem se transforme num mentiroso."

— Foi o senhor quem escreveu?

— Foi.

— Quem sou eu pra achar alguma coisa?

Os olhos de Rodolfo teimavam em se manter abertos, por mais que Francisco tentasse esconder as pupilas dilatadas do morto, juntando suas pálpebras como se fecha as cortinas de um cinema, na última sessão. Ele nunca aprendera uma técnica eficiente para lacrar os olhos abertos ao nada, igualzinho às lentes sem filme de uma câmera. Estava longe o tempo em que acompanhava a avó de casa em casa, despachando agonizantes, mandando-os de volta para o lugar de onde vieram. Que lugar era esse? Ele desconhecia. Nem a avó com o rosário de porcelana de contas azuis e brancas, pendurado na mão direita nas horas de prece, sabia dizer. Nem a avó que o ensinou a amarrar o queixo dos defuntos com um lenço, dando um laço nas pontas, lá no alto da cabeça. Parecia que os olhos do patrão não descansavam de observar o mundo e criticá-lo. Tão arregalados assim, lembravam outros olhos vistos na companhia de seu Rodolfo e dona Sílvia, quando viajaram para o Brejo da Madre de Deus. Melhor não pensar nisso agora, por conta da promessa que fora obrigado a fazer.

— Esses índios parecem vivos, Sílvia.
— Vivos e sem olhos. Só as órbitas escancaradas.

Sílvia era incapaz de um voo, um devaneio. Mas como não se entregar às fantasias contemplando os homenzinhos, as mulheres e as crianças envoltos em esteiras vegetais e preservados graças à secura do clima agreste? Há dois mil anos estavam ali. Os homens e as mulheres deitados de lado, como fetos. As crianças em decúbito dorsal, olhando para cima e enxergando a lua e as estrelas no céu infinito, através da camada de terra que as recobriam.

Às nove horas, Francisco servira o café do patrão, pois era folga da cozinheira. Acostumara-se a ser um faz-tudo na casa: motorista, jardineiro, encanador, eletricista, faxineiro e secretário. Sílvia nunca acordava antes das duas da tarde. Sofria de uma insônia crônica. Lia, via televisão e perambulava por salas e biblioteca até o dia amanhecer. A única refeição que fazia junto com o marido era o jantar, o que ele não lamentava, pois se sentia à vontade para comer o que bem quisesse, sem ter de ouvir apologia ao baixo valor calórico de verduras, frutas e cereais.

— Posso servir o café?
— Pode, Francisco. Vou olhar o jardim e volto logo.

Olhar o jardim era a expressão exata da verdade. O passeio matinal consistia numa ida ao canil, habitado por dois cães boxer; um giro ao redor da piscina, que jamais era usada; uma conversa com Vanda, a arara-canindé trepada no alto de uma jaqueira. Por último, Rodolfo enchia de comida uma vasilha de barro, para os macacos moradores da pequena floresta que deixara crescer em volta de casa. E só. Não caminhava porque não sentia prazer em fazê-lo, e nunca aceitou se exercitar por ordem médica, apesar das taxas elevadas de gordura no sangue, da hipertensão e da obesidade. Nos últimos meses, sentia dores no peito e achou que não escaparia ao mesmo destino do pai: morrer antes dos sessenta anos.

Francisco recolhia os pedaços de papel, ouvindo a conversa entre Sílvia e Vicente, um amigo de Rodolfo que há tempo não frequentava a casa, pois não suportava o mau humor de Sílvia. O primeiro nome que veio à cabeça de Francisco, quando o patrão não atendeu seus chamados e reconheceu em seus olhos a morte que se habituara a ver na companhia da avó, foi o do dr. Vicente. Ele era o único médico que seu patrão respeitava e a quem vinha confessando, nos últimos meses, que estava próximo de morrer.

Serviu o café modesto: mamão e abacaxi, queijo branco e fatias de pão integral. Mesa farta não era costume na casa de louças caras: um serviço Limoges como só tinha igual no palácio do governo e um outro, Azul Borrão. Francisco lembrava com saudade das broas de milho, do charque assado, do inhame e da macaxeira que comia em louça simples na casa da avó.

– Só tem isso, Francisco?
– Reclame a d. Sílvia. Ela não me deixa fazer feira.

Comeu e em seguida escanchou-se na rede como se fosse uma cadeira: as pernas abertas para fora, os pés no chão para o balanço, a almofada nas costas. Lia e anotava um seminário de Jacques Lacan, pensando em traduzi-lo. Em cima da mesinha de cabeceira, ao lado da rede, o *Finnegans Wake* de Joyce, um artigo de Freud sobre luto e melancolia, e o inseparável Guimarães Rosa. Lia o *Grande Sertão: Veredas* convicto de que se tratava de um compêndio de psicanálise. Escreveu um longo ensaio sobre a substituição do divã pela rede, pois lhe parecia razoável adaptar aos trópicos o velho mobiliário dos consultórios austríacos. Nenhum paciente aceitou a troca, e tudo continuou do jeito que Freud inventara.

Francisco possuía a mobilidade de um cometa se deslocando em torno do patrão sedentário, que nunca se ocupou de nada além de pensar, escrever e ouvir o discurso de pacientes. Coordenava grupos de estudo, supervisionava os psicanalistas do seu grupo e novamente deitava para ler e escrever.

— "A morte é erótica porque vincula uma pessoa à outra."
— O senhor falou comigo, seu Rodolfo?
— Falei. Você acha que vai desgrudar de mim quando eu morrer?
— Nunca pensei nisso.
— Quando os faraós morriam, enterravam as esposas e os criados junto com ele.
— Ainda bem o senhor não é faraó.

Mesmo assim, Francisco engatinhava em torno da rede onde o morto sentara pela última vez. Ia e voltava, zanzando como abelha na colmeia. Reconhecia a semelhança entre o cheiro silvestre do mel e a carne exalando os primeiros odores da putrefação. Catava os papéis incompreensíveis que jamais leria, escritos num saber alheio à sua existência de empregado doméstico, e guardava-os com sofreguidão. Parecia um Noé salvando espécies do dilúvio: mamíferos, batráquios, aves e répteis. Todas as espécies vivas eram sagradas e mereciam viver. Os escritos, também.

– "No princípio, quando tudo começou, no começo dos começos, existiu um pai."

– Você não tem o que fazer lá fora, Francisco?
– Tenho seu Rodolfo.

Suas repetidas passagens pela sala antes de servir o almoço talvez incomodassem a leitura do patrão. Francisco sentia-se hipnotizado pelos livros, sonhava em devassar seus segredos. O que seu Rodolfo buscava neles por dias e noites?

– "Assim, após a morte do pai, sentiram sua falta."

– Você não tem o que fazer Francisco?
– Tenho sim, dona Sílvia.

Pegou o envelope amarelo e o levou para o quarto. Bebeu água de uma quartinha, sentou uns minutos na cama e só aí teve consciência de que não descansava desde as cinco horas da manhã, quando foi acordado pela patroa e recebeu ordem de não chamá-la para o almoço. Às seis horas, a única pessoa desperta na casa era ele. Sentia-se invadido por lembranças da cidade onde nascera e para onde retornou uma única vez, desde que viera morar no Rio de Janeiro.

Sob fina camada de terra

A saudade na forma de um aperto no coração o acometia sempre que algo ruim estava para acontecer.

Rodolfo e Sílvia propuseram a viagem, pois nunca acreditaram na história de que o Brejo da Madre de Deus já fora um oceano há milhões de anos, e que ali ainda era possível encontrar peixes fósseis do período cretáceo. Muito menos acreditavam no achado extraordinário que Francisco relatava: oitenta e três múmias envoltas em esteiras vegetais.

– Múmias, Francisco?
– Foi desse jeito que chamaram.
– Em Brejo da Madre de Deus mumificavam pessoas?
– Não é bem isso, seu Rodolfo. Por causa do clima de lá, os corpos dos índios não apodreceram.
Rodolfo ria do esforço de Francisco em explicar o processo de mumificação sertaneja.
– Quero ver essas múmias de perto. E você, Sílvia?
– Eu só preciso me olhar num espelho.

Às seis horas, Francisco prendia os cachorros no canil e punha uma banana na jaqueira onde Vanda se empoleirava. Às oito e meia, a piscina estava aspirada, os terraços varridos e as pitangas colhidas para o suco de seu Rodolfo. Às nove horas...
Francisco refazia a conta do tempo para não enlouquecer. Entre nove da manhã e meio dia lavou a louça do café e tirou o almoço da geladeira. Fez pequenas arrumações na sala com cuidado para não fazer barulho, temendo ouvir reclamações. A uma da tarde o almoço foi servido: arroz, lentilhas, pão, e um resto de coelho no

vinho, única culinária de valor na mesa de vacas magras. Após servir a refeição, preferiu retirar-se, temendo ser incômodo.

— Dê licença, seu Rodolfo.
— Vá não, Francisco, me faça companhia.

A sala esquentava muito desde que Sílvia resolveu fechá-la com vidro. Transformara-se numa estufa que alcançava as temperaturas máximas antes das primeiras chuvas de março. Agora, era possível olhar Vanda empoleirada na jaqueira, ver os saguis pulando nos galhos dos freijós, e contemplar a piscina azulada. Mas também se morria de calor e os ventiladores se tornavam inúteis no mormaço da tarde.

— Em fevereiro é quente no Brejo?
— Bastante.
— Mesmo na serra do Vento?
— Ela não pertence mais ao Brejo. Somente a serra da Prata, do Amaro e do Estrago.
— Você tem boa memória.
— O senhor tem mais do que eu.
— Como é mesmo que se chama seu povo?
— Gangarro. Nós somos os gangarros do sítio Bandeira.
— Eu não vou me enterrar entre os gangarros. Você sabe o que eu quero. Fizemos um trato.
— Não fiz trato nenhum com o senhor.

Rodolfo ria da cara assustada de Francisco.

— Posso sair?
Ele pergunta e sai.

Na única visita que fizeram ao Brejo da Madre de Deus, Rodolfo e Sílvia tiveram uma impressão muito forte diante das múmias envoltas num casulo de palha. Pareciam vivas e resguardadas da ação do tempo. Francisco também os levou para conhecerem os gangarros do Bandeira, uma comunidade de pessoas brancas e de olhos intensamente azuis, vivendo como se esperassem a morte.

Desde a expulsão dos holandeses de Pernambuco, surgiram lendas de que os soldados se embrenharam pelos sertões e agrestes, se isolando do mundo como os negros dos quilombos. Guardaram-se os rostos brancos, os cabelos louros e os olhos de azul puríssimo. Mesmo com a pele arruinada pelo sol, teimavam em não se misturar com índios e negros, preservando na linhagem do corpo a memória de uma Europa reinventada nos trópicos.

— Prometa que quando eu morrer...
— Não prometo nada.
— É simples.
— O senhor vive dizendo que não possui corpo, só cabeça.
— Não estou brincando, Francisco. Na minha idade o homem começa a pensar na própria morte. Já enterrei meu pai e minha mãe. Desejo apenas uma esteira, das que vimos no museu do Brejo.
— Não zombe deles. Nem sei por que fizeram a maldade de arrancá-los de onde estavam enterrados. Pra quê?

Habituado a ouvir, Rodolfo também gosta de falar, quando encontra um bom escutador como seu empregado.

— Escrevo em folhas de papel que você recolhe e guarda, temendo que se percam. O que se perderia se elas nunca fossem lidas? Talvez nada, porque escrevo apenas para me ver livre da memória. Esses rabiscos são o meu esquecimento. Lembra as pinturas rupestres nas paredes de uma das cavernas que visitamos. Alguém queria livrar-se da memória que o incomodava e pôs-se a desenhar e pintar nas pedras. Escrever é a maneira mais simples de morrer, embora muitos achem que é o único modo de permanecer vivo. Sílvia não gosta que eu fale dessas coisas, pois teme a morte. Por isso ela não dorme nunca, a não ser quando se enche de remédios.

Desculpa-se por falar aquelas coisas complicadas, como se estivesse escrevendo o texto de algum seminário. Talvez Francisco nem o compreenda. Não tem importância. Alguém o escuta com atenção, mesmo que não pontue nem pigarreie como um psicanalista.

— O que motivou seus antepassados do Brejo da Madre de Deus a envolverem os mortos em esteiras vegetais e os enterrarem nas grutas do alto da serra? Você sabe responder?
— Eles não são meus parentes. Não possuo traço de índio xucuru.
— Ah!

As pessoas andando pela casa, tristes e sérias, lamentam a perda do mestre, amigo ou psicanalista. Nenhuma delas verte uma lágrima, o que causa estranhamento em Francisco, habituado ao choro e aos gritos de dor. Apenas ele se esconde no quarto, de vez em quando, para entregar-se ao pranto e logo em seguida voltar a servir bandejas de água e café, porque nisso o velório não difere muito dos velórios de sua terra natal, faltando apenas garrafas de cachaça.

Sob fina camada de terra

Quando descobriu que o patrão estava irremediavelmente morto, Francisco compreendeu que não teria coragem de acordar Sílvia e muito menos de dar a ela a notícia desagradável. Ligou para o doutor Vicente e pediu que assumisse a tarefa. Imaginou as camionetas toyota correndo pelo Brejo da Madre de Deus, levando passageiros de um lado para outro, gente que parecia não ter outra razão de existir além de correr estradas. Talvez encantasse Rodolfo a rapidez e a leveza em deslocar-se mundo afora, qualidades que estava longe de possuir, mal transpondo os limites da casa e do consultório em que se enclausurava.

– Seu Rodolfo! Seu Rodolfo! – chamou em vão.

As toyotas azuis e vermelhas corriam debaixo de um sol luminoso, com as serras ao longe e as grutas nos picos elevados. Na Furna do Estrago, encontraram o cemitério indígena com os oitenta e três corpos envoltos em esteiras, num sono que durava dois mil anos. Ao lado de um homem, uma flauta de osso de ema, com um furo e uma paleta. Seria um músico, um Orfeu que sonhava tocar noutra planície. Nada mais leve do que a música de uma flauta, nem mais rápido do que a ema sertaneja. A leveza com que sonhava Rodolfo e a rapidez que só conhecera no pensamento.

Mas por que amarravam com cipós os punhos e os tornozelos dos adultos? Os homens e as mulheres imobilizados em posição fetal talvez revelassem que, da mesma maneira que o sol os apresentava à vida, os restituía à morte. E num futuro distante todos ressuscitariam leves e velozes como emas, correndo desembestados nas cabines de toyotas vermelhas e azuis.

O corpo de um homem não é como a flor da jitirana encontrada em uma das covas indígenas. Fechada em botão, assim que foi exposta à luz e ao vento ela se abriu e revelou o perfume guardado em suas pétalas por dois mil anos. A avó de Francisco ensinou que as pessoas apodrecem, mas ele não sabe o que é necessário para transportar um morto do Rio de Janeiro para Pernambuco. Disseram que terá de ser de avião e que se gastam três horas do Recife para o Brejo. Ele ignora se ainda se fabricam esteiras leves, de folhas de palmeira, capazes de conservar a forma do corpo. Sabe que está preso a um juramento. E que no alto da serra, lá onde sopra uma brisa suave, é possível descortinar o mundo.

Talvez faça bem a Rodolfo se deitar igual aos índios velhos, no aconchego de uma esteira. Quem sabe, dessa maneira, ele aprende a conhecer o próprio corpo, renegando as armadilhas do pensamento.

Pouco antes das duas da tarde, Francisco vem à sala e recolhe a louça suja do almoço. Rodolfo dorme de olhos bem abertos, a boca escancarada. Já nem pensa nos motivos que o fizeram escolher o Brejo da Madre de Deus como sua última casa. O corpo grandalhão envolto em fibras vegetais e, por cima dele, uma fina camada de terra. Escutará apenas o vento.

Ouro Preto – MG

Epifania na cidade sagrada

Remonta a 1827 a criação dos dois primeiros cursos brasileiros de Ciências Jurídicas e Sociais, em Olinda e São Paulo, por decreto da Assembleia Geral que o imperador sancionou a 11 de agosto. Não é a única efeméride desse dia. Outra há e foi ela que levou o professor a me convidar para este encontro com vocês, futuros advogados, pedindo que lhes falasse de alguém – outro advogado! – que veio ao mundo há mais de 250 anos, justo no dia que tributamos ao seu mister.

Disse-me o professor que todos estudaram com interesse e afinco o episódio conhecido por Inconfidência Mineira, que teve lugar em Vila Rica com desdobramentos no Rio de Janeiro. Disse-me ainda que, em aula, foi promovido um julgamento do alferes Joaquim José da Silva Xavier e dos poetas Ignácio José de Alvarenga Peixoto e Tomás Antônio Gonzaga, com um promotor atuando em nome da coroa portuguesa e um defensor para os réus. Convenhamos em que o papel do promotor era espinhoso: precisava convencer o júri de que vultos pátrios hoje venerados mereciam as condenações impostas no acórdão da Alçada. *Contrario sensu*, somos obrigados a convir também, sem depreciar o trabalho da defesa, que ele foi facilitado e o resultado não podia ser outro: Tiradentes, Alvarenga e Gonzaga foram absolvidos e libertados. Viva. Que pena que não foram vocês que julgaram o caso em 1792. Quanto sofrimento teriam evitado.

Devo lhes fazer presente que, se juiz eu fosse no processo original, provavelmente os condenaria.

E por quê?

Porque nos *Autos de devassa da Inconfidência Mineira*, se não há evidências de que os inconfidentes tenham pretendido praticar aquilo que, nos últimos meses de 1788, era tão só um levante hipotético, há, sim, comprovação bastante de que sua discussão era o frenesi da hora. A lei penal era severa e sem contemplação. Castigou não só quem conjecturara uma república em Minas, como também quem ouvira essas conjecturas sem comunicá-las às autoridades da capitania.

Mas, pergunto, condenaria todos?

Essa é a questão.

A leitura dos autos sempre me sugeriu que, vistos os tópicos da denúncia e a prova constituída, a pena de degredo e outras penas cominadas ao ilustre aniversariante de 11 de agosto – o poeta, desembargador e ex-ouvidor de Vila Rica, Tomás Antônio Gonzaga – configuraram carregada iniquidade. No meu entendimento, nada se provara contra Gonzaga e ele fora condenado por crimes outros, abstratos e estranhos à denúncia. Diria mais: parecia-me que não se apurara nem que tivesse conhecimento, por ouvir falar, de maquinações insurretas. Preso oito dias antes do casamento com a jovem Maria Doroteia Joaquina de Seixas – a "Marília" dos versos de "Dirceu" –, foi banido para uma terra longínqua e inóspita, onde veio a morrer em 1810. Um destino melancólico, mirrado, para um poeta e um jurista de talento e saber tamanhos.

Se eu acreditava na inocência de Gonzaga, deveria ter suficientes razões para defendê-la. Creio que as tinha e eram duas.

Tanto Tiradentes como o padre Carlos Toledo, vigário de São José e também inconfidente, quando perguntados em juízo sobre Gonzaga, declararam que, por ser um pró-homem de grandes dotes e influência, usavam-lhe o nome para arregimentar aliados, mentindo que ele participava da conspiração e estava incumbido de redigir as leis republicanas. E vejam só: Tiradentes não tinha motivo algum para proteger Gonzaga, pois considerava o ex-ouvidor um figadal inimigo, por tê-lo intimado de uma carta precatória oriunda de São João d'El Rei. Se o alferes, quando inquirido, não livrou nem seu compadre e amigo, o idoso coronel Domingos de Abreu Vieira, e muito ao contrário, encalacrou-o no crime quanto pôde, por que haveria de livrar alguém que era objeto de seu ódio?

A outra razão vem do final de 1788, quando diversos moradores de Vila Rica e arredores se reuniram na residência do comandante do Regimento de Cavalaria, tenente-coronel Francisco de Paula Freire de Andrade, para comemorar o Natal e logo o Ano-Novo, e aqueles poucos que já vinham tratando teoricamente da sedição, por causa do iminente lançamento da Derrama, tornaram a confabular sobre a matéria. Os depoimentos são categóricos: no instante em que chegou Gonzaga à casa de Freire de Andrade, todos se calaram. Gonzaga, transferido para a Bahia, já não era o ouvidor, e permanecia em Vila Rica em virtude de seu próximo casamento, mas sempre era um desembargador e, portanto, uma autoridade que inspirava respeito e medo.

Não obstante o peso dessas objeções, pequena dúvida ainda fazia mossa em minhas certezas e se relacionava com um incidente ocorrido em jantar na residência do poeta Cláudio Manuel da Costa, nos meses que antecederam as prisões.

Naquela época inexistiam entretenimentos como os da modernidade. Nem jornal havia na colônia, a *Gazeta de Lisboa* chegava com meses de atraso e o Brasil só veio a ter imprensa escrita após a mudança da corte portuguesa para o Rio de Janeiro, em 1808. À noite, que faziam os homens em Vila Rica? Pouca coisa. Ou jogavam gamão, ou frequentavam prostíbulos, ou faziam visitas. Numa daquelas noites, em casa de Cláudio, sentaram-se à mesa para cear Gonzaga, Alvarenga, o cônego Luis Vieira da Silva, da diocese de Mariana, e o intendente do ouro na capitania, desembargador Francisco Gregório Pires Bandeira. Não era um conventículo, era uma reunião de amigos e, exceto pelo cônego, colegas, que se encontravam para comer e tagarelar nas áridas noites de uma vila interiorana.

E aqui começa o impasse.

Gonzaga não janta, está a padecer de uma "cólica biliosa". Inapetente, nauseado, levanta-se, pede a Cláudio que lhe traga uma esteira e, enrolando-se num capote de baeta cor de vinho, deita-se na varanda próxima, junto à escada que desce para o pátio lateral. No salão, em breve ausência do desembargador Bandeira, vêm à tona os malefícios que a Derrama causaria e os benefícios derivados de uma insurreição bem-sucedida. Cláudio está sentado à mesa, o cônego em pé e Alvarenga, que discorre sobre o tema, caminha de um lado para outro. Em dado momento, receando um súbito retorno do desembargador Bandeira, que não era "entrado", Alvarenga recomenda aos outros que mudem de assunto.

Epifania na cidade sagrada

Na inquirição, procedida na Fortaleza da Ilha das Cobras, no Rio de Janeiro, Gonzaga sofre tenaz pressão do juiz Coelho Torres, que o acusa de ter ciência plena do que se conversara à ceia e da incriminável advertência de Alvarenga. Ele nega, alega que nada ouviu, que não estava à mesa e sim no piso da varanda, sentindo-se tão mal que, pouco depois, seria levado para casa pelo desembargador Bandeira. Persiste na negativa até o fim, refutando um por um, com argumentos de apurada lógica, os delitos que se lhe imputam.

Ora, que estava na varanda não se discute, é certo – outros depoimentos o confirmam –, mas eu me perguntava e lhes pergunto: Gonzaga teria falado a verdade? A resposta exigia uma visita a Ouro Preto.

Vila Rica foi a capital de Minas de 1723 a 1897 – a partir de 1823 com o nome de Ouro Preto. É a capital da arquitetura barroca no Brasil, a cidade das igrejas, das capelas, dos passos, dos chafarizes, das pontes, das ladeiras, dos becos, do passado impresso nas fachadas e até nas pedras da rua – a cidade da Inconfidência Mineira.

Hospedei-me no anexo do Museu da Inconfidência, na descida da rua do Pilar. É um prédio cujo pesado e pouco prático mobiliário talvez pertença ao mesmo século em que foram erguidas aquelas vetustas paredes.

Acreditem: viaja no tempo o hóspede!

Da cama com dossel onde dormia, eu olhava ao redor e tinha a visceral sensação de pertencer eu mesmo a remotas estações que, no entanto, remanesciam palpáveis, vivas, como se a qualquer momento uma das portas fosse abrir-se para dar passagem ao padre Rolim, ao jovem Maciel, a Toledo Piza, Silvério dos Reis ou o soturno Barbacena, patéticos personagens daquele drama mineiro. E se fechava os olhos, via cenas marcantes que minha memória reconstituía em minúcias, o infausto Cláudio Manuel enforcado debaixo da escadaria da Casa dos Contos, Gonzaga no calabouço a compor suas liras à luz de vela... e no oratório da cadeia, nas horas amargas da sentença, o vil Alvarenga a culpar sua honrada esposa, Bárbara Heliodora, por não ter permitido que, ainda em liberdade, denunciasse os companheiros, e Tiradentes a confessar-se com frei Raimundo e finalmente assumir um papel que lhe sublimava todas as insânias cometidas: "Ah, se dez vidas eu tivesse..." Sua redenção, ainda que tardia. E eram tão reais os sonhos da vigília que, em cada cena, eu procurava a mim mesmo, como se nela devesse estar de corpo presente, a testemunhar aquilo que nossos historiadores contariam depois.

Subamos agora a rua do Pilar. Sigamos pela rua Direita, logo pela rua do Carmo e, além da praça Tiradentes, pela rua do Ouvidor. Nesta, no número 61, vemos a morada do poeta enquanto exercia tal cargo, de 1782 a 1788, e onde agora funciona a Secretaria de Turismo, Indústria e Comércio do município. Adiante, na rua do Giba, com o número 6, a grande, a imensa casa de Cláudio Manuel.

É um prédio de esquina, com um dos lados a prolongar-se ladeira acima pela rua São Francisco. Tem dois pisos na fachada. No térreo, em porta à esquerda da principal, um armarinho ou brechó. Do segundo piso, avista-se a rua por cinco porta-janelas gradeadas até meia altura, e esta é a seção nobre da residência, hoje ocupada por descendentes de Diogo de Vasconcelos, historiador e jurista contemporâneo da Inconfidência que foi interrogado no processo, por suspeita de associação com os réus. Seu filho, o político e jurista Bernardo Pereira Vasconcelos, foi um dos próceres cardeais do Império. Também governou a província de Minas e, durante sua gestão, morou em Vila Rica, justamente no número 6 da rua do Giba.

Quanta história povoa aquela bendita casa!

E eu a visitei.

Imaginem, lá estava eu no salão em que ceavam Alvarenga, o cônego, Cláudio e o intendente do ouro, junto à prístina alvenaria que vira Gonzaga levantar-se, adoentado, e ir deitar-se na varanda, embrulhado num capote de lã felpuda. Contemplava aqueles lugares sagrados com os olhos e o coração, respirava aquela atmosfera que talvez ainda guardasse os átomos das vozes rebeladas ao jantar, podia pressenti-los a estuar pelos caminhos de meu sangue e até confesso que, para surpresa e constrangimento do morador que me acompanhava, minha comoção ia além do que devia. E não era só pela visita. Também concorria uma revelação que fazia desmoronar todas as minhas crenças a respeito de Gonzaga.

Eu via, sentia, media aqueles espaços, e tinha a acabada consciência de que, da varanda, Gonzaga ouvira a conversa de seus amigos à mesa e também a advertência de Alvarenga, tinha a acabada consciência de que ele conhecia a intensidade dos ventos que sacudiam Vila Rica e que, se não enganara o inquisidor nem os juízes da Alçada, que suspeitando de sua culpa o condenaram sem provas, a mim, durante muitos anos, ele me enganara com sua aguda inteligência, sua lógica arrasadora e seu saber jurídico.

Ele era culpado.

Não era o Gonzaga que eu conhecia.

Era outro.

Era maior.

Estivera à mercê de um inquisidor implacável e de mãos perversas que lhe davam os mais infames tratos, e ainda assim sua luz resplandecia. Era como se eu o visse, a fulgir em sua glória. Mais do que qualquer outro, era ele quem merecia ter dez vidas.

Não, ele não conspirou, não foi um inconfidente, isso não, mas pelos amigos sabia de tudo, e entre os personagens que a Inconfidência Mineira entronizou em nosso panteão, foi o único cuja alma não se feriu pela confissão e cujos lábios jamais se abriram para denunciar alguém.

Autores

Altair Martins nasceu em Porto Alegre, em 1975. É bacharel em Letras e mestre em Literatura Brasileira pela Universidade Federal do Rio Grande do Sul. Leciona em escolas de Porto Alegre e é responsável pela cadeira de Conto no curso de formação de escritores da Unisinos, em São Leopoldo. Como escritor, estreou com a antologia de contos *Como se moesse ferro* (1999), seguida de *Se choverem pássaros*. *A parede no escuro*, seu primeiro romance, foi vencedor do segundo Prêmio São Paulo de Literatura, na categoria melhor romance de estreia, em 2009. Com seus livros anteriores, Altair Martins também foi vencedor do Prêmio Guimarães Rosa da Radio France Internationale, em 1999, do Prêmio Luiz Vilela e do Concurso Nacional de Contos Josué Guimarães, em 2001, e do Prêmio Açorianos na categoria contos. Foi também finalista do Prêmio Jabuti na categoria contos e crônicas também em 2001 com o livro *Como se moesse ferro*.

Cíntia Moscovich é escritora, jornalista e mestre em Teoria Literária. Conquistou vários prêmios literários, como o Açorianos de Literatura e o Jabuti, além de ter sido finalista do Prêmio Portugal Telecom de Literatura e do Prêmio Bravo Prime de Cultura. Também participa de várias antologias no Brasil e no exterior, com publicações individuais em Portugal e na Espanha. Em 2006, representou o Brasil na Copa da Cultura na Alemanha. Publicou três livros de contos, *O reino das cebolas* (1996), *Anotações durante o incêndio* (1998) e *Arquitetura do arco-íris* (2004); a novela *Duas iguais* (1998); e o romance *Por que sou gorda, mamãe?*, narrativa em primeira pessoa que explora os pontos comuns entre obesidade, judaísmo, humor e relações familiares.

João Anzanello Carrascoza nasceu em Cravinhos, pequena cidade do Estado de São Paulo, em 1962. É redator de propaganda e professor da Escola de Comunicações e Artes da Universidade de São Paulo, onde fez mestrado e doutorado em Ciências da Comunicação. Publicou os livros de contos *O vaso azul, Duas tardes, Dias raros, O volume do silêncio, Espinhos e alfinetes* e *Aquela água toda*, entre outros. Carrascoza é autor também de novelas e romances para o público infantojuvenil, como *Aprendiz de inventor, O homem que lia as pessoas* e *Prendedor de sonhos*. Algumas de suas histórias foram traduzidas para inglês, francês, italiano, sueco e espanhol. Participou, como convidado, do programa de escritores residentes da Ledig House (EUA), do Chateau Lavigny (Suíça) e da Sangam House (Índia). Dos prêmios que recebeu, destacam-se o Jabuti, o Guimarães Rosa da Radio France Internationale e o Fundação Biblioteca Nacional.

Luiz Ruffato é escritor. Lançou seu primeiro livro, *Histórias de remorsos e rancores*, em 1998; o segundo, *(os sobreviventes)*, em 2000, ganhou uma Menção Especial no Prêmio Casa de las Américas, de

Cuba; o terceiro, em 2001, *Eles eram muitos cavalos*, recebeu o Prêmio da Associação Paulista de Críticos de Arte (APCA), o Prêmio Machado de Assis de Narrativa da Fundação Biblioteca Nacional e uma indicação para o Prêmio Jabuti; o quarto e o quinto, em 2002, *As máscaras singulares* – de poemas – e *Os ases de Cataguases* – ensaio. *Eles eram muitos cavalos* virou peça de teatro em 2003, sob o título *Mire veja*, pela Companhia do Feijão, recebendo o Prêmio APCA e o Prêmio Shell, e está editado na Itália (Milão: Bevivino Editore, 2003), na França (Paris: Métailié, 2005), em Portugal (Espinho: Quadrante, 2006) e na Argentina (Buenos Aires: Eterna Cadencia, 2010). Em 2005, deu início ao projeto Inferno Provisório, composto por cinco volumes, dos quais quatro já se encontram publicados: *Mamma, son tanto felice* e *O mundo inimigo*, ambos ganhadores do Prêmio APCA e lançados na França (Paris: Métailié, 2007 e 2010, respectivamente), *Vista parcial da noite* (2006, Prêmio Jabuti) e *O livro das impossibilidades* (2008, finalista do Prêmio Zaffari-Bourbon). Lançou ainda *De mim já nem se lembra*, em 2007, e *Estive em Lisboa e lembrei de você*, em 2009, finalista nos prêmios Portugal Telecom e São Paulo de Literatura, publicado também em Portugal (Lisboa: Quetzal, 2010) e na Itália (Roma: La Nuova Frontiera, 2011).

Luiz Junqueira Vilela (Ituiutaba, MG, 1942) é contista e romancista. Aos quinze anos, muda-se para Belo Horizonte, de onde envia, semanalmente, uma crônica para o jornal *Folha de Ituiutaba*. Forma-se em Filosofia pela Universidade de Minas Gerais, em 1965, e cria, com outros escritores, a revista *Estória* e o jornal literário *Texto*. Aos vinte e quatro anos, publica, à própria custa, seu primeiro livro,

Tremor de terra, que, ao concorrer com mais de 200 escritores, alguns já consagrados, ganha o Prêmio Nacional de Ficção, tornando-se nacionalmente conhecido. Transfere-se para São Paulo em 1968 e trabalha como redator e repórter no *Jornal da Tarde*, experiência da qual resulta o romance *O inferno é aqui mesmo*, de 1979. Convidado a participar de um programa internacional de escritores, o International Writing Program, oferecido pela Universidade de Iowa, em Iowa City, viaja para os Estados Unidos em 1969 e lá permanece por nove meses. Dos Estados Unidos, parte para a Europa e se fixa por algum tempo em Barcelona. De volta ao Brasil, passa a residir novamente em sua cidade natal e a se dedicar exclusivamente à literatura. Tem contos publicados nos Estados Unidos, na Alemanha, na França, na Inglaterra, na Itália, na Suécia, na Polônia, na República Tcheca, na Argentina, no Paraguai, no Chile, na Venezuela, em Cuba e no México.

Lygia Fagundes Telles nasceu em São Paulo, em 19 de abril de 1923, mas passou a infância no interior do Estado. Segundo o crítico literário Antonio Candido de Mello e Souza, no texto "A nova narrativa brasileira", o romance *Ciranda de pedra* (1954) seria o marco de sua maturidade intelectual. Em seu romance *As meninas* (1973), ela registra uma posição de clara recusa ao regime militar. Em 1976, fez parte de um grupo de intelectuais que foi a Brasília entregar um importante manifesto contra a censura, o Manifesto dos Mil. Membro da Academia Brasileira de Letras, Lygia Fagundes Telles já foi publicada em diversos países: França, Estados Unidos, Alemanha, Itália, Holanda, Portugal, Suécia, República Tcheca, Espanha, entre outros, com obras adaptadas para TV, teatro e cinema. Recebeu diversos prêmios literários, entre eles o Jabuti, o Afonso Arinos, da Academia

Autores

Brasileira de Letras e o Prêmio Camões, o mais importante da literatura em língua portuguesa.

Marçal Aquino nasceu em Amparo, no interior paulista, em 1958. É jornalista, escritor e roteirista de cinema e de televisão. Publicou, entre outros livros, os volumes de contos *O amor e outros objetos pontiagudos*, pelo qual recebeu o Prêmio Jabuti, e *Faroestes*, além da novela *Cabeça a prêmio* e do romance *Eu receberia as piores notícias dos seus lindos lábios*. Atuou como roteirista de filmes como *Os matadores*, *Ação entre amigos*, *O invasor* e *O cheiro do ralo*.

Maria Esther Maciel é escritora e professora de Teoria da Literatura e de Literatura Comparada da Faculdade de Letras da Universidade Federal de Minas Gerais (UFMG). É mestre em Literatura Brasileira pela UFMG e doutora em Literatura Comparada pela mesma instituição, com pós-doutorado em Cinema pela Universidade de Londres. Integra o projeto internacional Problematizing Global Knowledge – The New Encyclopaedia Project, do Theory, Culture & Society Centre, da Nottingham Trent University (Inglaterra). Suas publicações incluem os seguintes livros: *As vertigens da lucidez – poesia e crítica em Octavio Paz*; *Voo transverso – poesia, modernidade e fim do século XX*; *A memória das coisas – ensaios de literatura, cinema e artes plásticas*; *O cinema enciclopédico de Peter Greenaway* (org.), *O livro de Zenóbia* (ficção), *O livro dos nomes* (ficção), *O animal escrito* (ensaio) e *As ironias da ordem* (ensaios). Foi professora residente do Instituto de Estudos Avançados Transdisciplinares (IEAT) da UFMG (2009-2010). Desenvolveu, como pesquisadora do CNPq, os projetos Poéticas do Inventário (2004-2007) e

Bem-vindo

Bestiários Contemporâneos – Animais na Literatura (2007-2010). Seu projeto atual, com bolsa de produtividade do CNPq, intitula-se Zooliteratura Brasileira: Animais, Animalidade e os Limites do Humano.

Ronaldo Correia de Brito (Saboeiro, CE, 1951). Dramaturgo, contista, documentarista, médico e psicanalista. Aos seis anos, muda-se com a família para Crato, Ceará. Em 1969, muda-se para Recife com o objetivo de preparar-se para o vestibular e ingressa na Faculdade de Medicina da Universidade Federal de Pernambuco (UFPE), no ano seguinte. Nesse período, frequenta o Departamento de Extensão Cultural (DEC) da UFPE, dirigido pelo escritor Ariano Suassuna (1927), por meio do qual entra em contato com o Movimento Armorial. Mais tarde, especializa-se em clínica médica e psicanálise, ofícios em que se divide paralelamente às atividades artísticas. Em 1973, realiza o documentário para cinema *Cavaleiro reisado*, o primeiro de um longo trabalho dedicado ao resgate e ao estudo da cultura popular nordestina. Já em 1975, dirige o longa-metragem *Lua cambará*, produzido para a TV Cultura, com Assis Lima, Horácio Carelli e o músico Antônio José Madureira. Com eles desenvolve o projeto teatral Trilogia das Festas Brasileiras – *O baile do menino Deus* (1987), *Bandeira de São João* (1989) e *Arlequim* (1990) –, que envolve a produção de espetáculos, discos e livros. Em 1983, dirige a peça de sua autoria *Maracatus misteriosos*. Depois do lançamento do volume de contos *Faca*, em 2003, é convidado para o cargo de escritor-residente da Universidade de Berkeley, Califórnia, nos Estados Unidos. Atua também nas áreas educacional e de curadoria, além de colaborar para vários periódicos, como *Terra Magazine*, *Bravo!* e *Continente Multicultural*.

Autores

Sergio Faraco nasceu em Alegrete, no Rio Grande do Sul, em 1940. Entre 1963 e 1965, viveu na União Soviética, tendo cursado o Instituto Internacional de Ciências Sociais, em Moscou. Já recebeu muitos prêmios, entre eles, em 1988, o Galeão Coutinho, conferido pela União Brasileira de Escritores por seu livro *A dama do bar Nevada*. Em 1994, 1996 e 2001 recebeu o Prêmio Açorianos de Literatura – instituído pela Prefeitura de Porto Alegre. Em 1999, recebeu o Prêmio Nacional de Ficção, atribuído pela Academia Brasileira de Letras à coletânea *Dançar tango em Porto Alegre* como a melhor obra de ficção publicada no Brasil em 1998 Em 2003, recebeu o Prêmio Érico Verissimo e o Prêmio Livro do Ano (não ficção) da Associação Gaúcha de Escritores, por *Lágrimas na chuva*. Em 2007, assina contrato com a Rede Globo para realizar uma microssérie baseada no conto "Dançar tango em Porto Alegre", com direção de Luiz Fernando Carvalho. Seus contos foram publicados nos seguintes países: Alemanha, Argentina, Bulgária, Chile, Colômbia, Cuba, Estados Unidos, Luxemburgo, Paraguai, Portugal, Uruguai e Venezuela. Reside em Porto Alegre.

Impresso no Brasil pelo
Sistema Cameron da Divisão Gráfica da
DISTRIBUIDORA RECORD DE SERVIÇOS DE IMPRENSA S.A.
Rua Argentina 171 – Rio de Janeiro, RJ – 20921-380 – Tel.: 2585-2000